*"Amore, solo Amore, per sempre Amore"*

A Paola

# PREFAZIONE

di Paolo Pascolat

Paola, mia sorella, da sempre l'ho ritenuta una Inglese
mancata, per l'abitudine del "the at 5.00 pm", per l'amore
della lingua e l'interesse per il popolo inglese che nutriva
ed apprezzava, amore coltivato da tante letture, molte delle
quali rigorosamente in inglese. Dalle letture dei gialli di
Agatha Christie in età adolescenziale fino ai diversi viaggi
in Inghilterra anni piu' avanti. Ma tutto nacque da una serie
Tv, "Poldark", andata in onda in Italia nel 1978, il vero inizio
dell'amore verso il fascino del Regno Unito e soprattutto
verso il Capitano Ross Poldark, amore che si protrasse negli
anni della gioventu' e che si risveglio' dopo un lungo
periodo di inconscio torpore durante il quale l'ovvietà delle
vicissitudini della vita sovrastarono gli amori ed umori
adolescenziali. Eh si perché arrivo' il giorno in cui Paola
incontro' quel Capitano Poldark, ovvero chi lo interpretava,
con cui instauro' nel tempo un rapporto di stima e cordiale
amicizia assieme a sua moglie, e di cui ci racconterà,
assieme a diverse altre esperienze in Inghilterra, in questo
suo libro. Paola da sempre ha avuto l'abitudine di scrivere
le sue esperienze del quotidiano in un suo diario, ma mi
sorprese quando trovai tra i vari suoi documenti diversi
appunti, sparsi nel tempo non sempre in ordine
cronologico, dell'inizio di un diario-romanzo
autobiografico che aveva intitolato "Le conseguenze
dell'Amore", di poche pagine. E' una raccolta di appunti

che narrano di come l'Amore le sia nato, e sempre mantenuto, per e nel Regno Unito, che qui ho selezionato, riunito ed integrato con altri appunti sparsi nel tempo, con qualche mio tassello narrativo che spero faccia da collante al tutto, per farlo piu' rassomigliare ad un romanzo autobiografico, quale penso e spero sia stata l'intenzione di Paola di realizzare.

Quell' Inghilterra dove, per ironia della sorte, finì per andare a viverci io per diversi anni, con mia moglie e dove nacque nostro figlio. Fu' strano infatti quando glielo comunicai, è stato forse come aver raccolto ed ereditato inavvertitamente quel suo desiderio al suo posto, lei che ci ha vissuto diverse esperienze universitarie di breve durata, e che ben volentieri sarebbe tornata per viverci piu' a lungo.

Ho voluto posporre alla sua meticolosa narrazione del periodo Britannico due capitoli composti da appunti che ho trovato sparsi nei suoi documenti e che ritengo fondamentali per aiutare a capire chi fosse Paola e la sua passione per la scrittura e la lettura, nonché la paura della natura umana per la morte, da esorcizzare.

Il primo, "Incontri notturni in biblioteca", è un episodio accaduto veramente di cui non avevo memoria. Mia madre mi ha detto, durante la lettura di questo scritto, che glielo rivelo', non senza imbarazzo, diverso tempo dopo l'accaduto. In quella narrazione prevalgono l'ironia, la fantasia, e la sua tenacia nell'affrontare qualsiasi situazione, tenacia che ci ha dimostrato essere sempre forte anche all'ultimo, anche se velata, ma mai incrinata, dalla fragilità dell'essere umano…

L'ultimo capitolo, a chiudere questa serie di narrazioni del quotidiano personale a tema British, "Appuntamento rinviato", penso lo abbia scritto in uno dei momenti di sconforto, o magari al contrario di lucida analisi o semplice riflessione sulla labilità dell'esistenza, a cui dovremmo dare molta piu' importanza, dando estremo valore alla semplice quotidianità, dove ogni giornata dovrebbe essere spesa alla ricerca di chi e soprattutto di cosa desideriamo essere.

Mi ci è voluto del tempo, piu' del previsto, per trovare la forza di andare a scovare ed ordinare i suoi scritti tra i suoi documenti. Leggere un diario personale è come violare la libertà altrui, non me ne voglia mia sorella, è costata fatica per il continuo ricordo che hanno causato diverse interruzioni nel leggere i suoi scritti. Ha pero' fortemente prevalso la voglia di far emergere quello che stava scrivendo di sé stessa perché sento di doverglielo, per tutte le parole non dette tra di noi ed anche per quelle dette d'impulso col rimpianto di averlo fatto, come spesso capita tra fratello e sorella…Ma anche e forse soprattutto per l'egoistica voglia di sentirla ancora tra noi, per provare ad esorcizzare la realtà….

## Maggio 2014 - Il seminario di cucina Mediterranea

E' una bellissima giornata di metà maggio e mi trovo a bordo di un volo di linea diretta a Tolosa, in Francia per partecipare a quello che si chiama in inglese un "cooking workshop", un corso di cucina di quattro giorni. Sono felice, rilassata e tesa al tempo stesso; anzi, direi che sono emozionata e quasi incredula. Ma ti rendi conto chi incontrerai dopo tutti questi anni? Mi sono chiesta più volte, quasi fosse un sogno, uno dei tanti che mi hanno aiutata ad andare avanti in un percorso di vita non proprio facile e scontato.

Alla soglia dei cinquanta anni mi ritrovo nubile, senza occupazione, senza una casa di proprietà, tanti giri fatti, tante persone incontrate, tante esperienze emozionanti che ho voluto proprio io, sempre alla ricerca e di voglia di libertà, conquistata e ancora, - tra tante difficoltà - mantenuta.

Continuo a dirmi che tutto sommato, nonostante il periodo che sto vivendo, ho sempre fatto quello che ho voluto. Ho avuto - in taluni casi - anche la possibilità di scegliere e dire no ad esperienze che non mi avrebbero fatta crescere. E ho fatto bene. Perché il mio intuito difficilmente mi ha tradita, sapendo bene cosa desiderassi e volessi veramente. Un profondo desiderio di autonomia e intimità personale.

Ora sono qui, seduta al posto 3C che mi sono  scelta con il check-in on line il giorno precedente. Sempre corridoio, se possibile. L'avevo imparato da un mio ex capo che avevo tanto ammirato e che, come me aveva le gambe lunghe....

Stamattina avevo quasi rischiato di vedermi annullato il volo a causa di uno sciopero indetto dagli aeroportuali francesi di Tolosa e Carcassonne. Che diamine! Ero arrivata tutta tranquilla in aeroporto accompagnata da mio fratello e poi avevo scoperto su l'I-phone i messaggi di M. che mi dicevano di verificare il volo perché era in corso uno sciopero che avrebbe ritardato i voli con conseguente ritardo nell'arrivo a Tolosa e prelevamento in aeroporto con l'auto che mi avrebbe condotta a Lautrec, un paesino nel sud della Francia dove si sarebbe tenuto il corso di cucina. Per una volta che l'Alitalia non faceva scioperi!!! Mi ero preoccupata, qualche giorno prima della partenza, che qualcosa potesse turbare il mio viaggio fin lì. Nei mesi precedenti ero terrorizzata dall'idea di rimanere influenzata o contagiata da qualsiasi forma di gastroenterite o cose simili, o da quelle influenze virali degli ultimi anni che causano tanto malessere e poca febbre alta. Già lo scorso ottobre - quando pensavo di potere partecipare al corso della sessione autunnale - che poi non si era tenuto per la scarsa adesione dei partecipanti – ero rimasta colpita da una forma violenta di gastroenterite che non avevo mai visto in vita mia, talmente violenta da costringermi a letto e a dieta per diversi giorni. Ero terrorizzata che qualcosa potesse succedere nei giorni precedenti alla partenza ed ero stata a dieta leggera, mi ero riguardata per essere in piena forma e godermi la meritata vacanza francese.

Ma ora ero a bordo e nulla poteva più accadere. Ero come in uno stato di onnipotenza. Ci sarebbe stato solo un ritardo di un'oretta e la persona che avrebbero mandato era stata informata di conseguenza. Ci sarebbe stato solo un cambio di persona, poiché c'erano altri partecipanti da prelevare all'altro aeroporto di Carcassonne e che sarebbero anche loro arrivati in ritardo.

Non riuscivo a leggere, a pensare ad altre cose. "Sarò in grado di intendere tutto? Di essere all'altezza?", mi ripetevo, poiché pur essendo laureata in lingue, inglese come prima lingua, ed avendone una conoscenza fluente, ero terrorizzata di fare brutta figura. Ero beatamente immersa in pensieri che mi riportavano a trentasei anni addietro, a quando avevo undici, dodici anni e il corso della mia vita avrebbe preso una certa direzione...

Ho accettato volentieri un caffè annacquato offerto dagli assistenti di volo – a me piaceva pure il Nescafé -  e i biscottini impacchettati nella bustina del catering. Ero proprio emozionata. Non riuscivo a crederci ma ce l'avevo fatta, lo avrei incontrato....

# 1978 - Il Capitano Poldark

E' stato sicuramente a causa del Capitano Poldark. Si, quel personaggio della Cornovaglia di fine Settecento, protagonista dello sceneggiato in onda ogni domenica pomeriggio su uno dei canale RAI nel 1978. Avevo seguito nei mesi invernali e primaverili tutte le puntate di un'ora ciascuna coinvolgendo talvolta la mia amichetta vicina di casa di tre anni più giovane, fino a quando, arrivata quasi alla fine, avevo perso le ultime puntate e **l'epilogo** della storia, con mio profondissimo rammarico.

Era arrivata l'estate e come ogni anno la mia famiglia, papà, mamma e fratello si trasferiva per un mesetto in una località fuori Roma, in collina, al lago per sfuggire alla calura estiva e raggiungere il resto della grande famiglia allargata con tanto di nonni e zii. Negli anni Settanta erano in pochi ad avere la televisione anche in vacanza e soprattutto nelle case prese in affitto. Da una parte era un bene, non si vedeva la tv mentre si pranzava o cenava, si era assorbiti dalle chiacchiere famigliari. L'informazione giungeva puntualmente con il giornale quotidiano che il nonno portava a casa e quindi non c'era bisogno di altro. Non c'erano neanche le radio o gli apparecchi stereo. Io, in verità ne avrei voluto uno per sentire un po' di musica, io che amavo ballare e danzare fin da quando ero piccola e questo mi mancava. Ma quello che mi mancava di più era la Tv della domenica pomeriggio, quando lo sceneggiato andava in onda. Talvolta pregavo una delle zie della mamma che risiedeva nel paesetto, di poter vedere la puntata, ma sai com'è, a undici anni non si contava allora granché e quindi nel bel mezzo della riunione famigliare, con tanto di chiacchiere, faticavo a seguire la puntata di un'ora che vedevo nella stessa stanza in cui ci si intratteneva e dove era anche allocata la cucina. Ma quanto mi piaceva quel tipo, quel bel pezzo d'uomo che era il Capitano inglese, no non era inglese, lo avrei capito molti anni dopo, ma a undici anni è tutto relativo, non si sa neanche granché del Regno Unito e che è formato da Inghilterra, Scozia, Galles, (Cornovaglia) e Irlanda del Nord. Per me quello era un affascinante, slanciato, elegante Capitano inglese e mi ero innamorata di lui. Era stato il mio primo amore. Un colpo di fulmine. Mi piaceva quel tipo alto, snello, energico, la sua onestà, la sua morale, le sue scelte, la sua storia. Era la mia prima esperienza passionale. E proprio per l'amore di quest'uomo un giorno pensai di dovere imparare la lingua inglese per potere andare in Inghilterra e sposare un inglese. Questo avrei fatto. Questo mi ero ripromessa a undici anni. Poco importa se lo sceneggiato parlasse della Cornovaglia e di gente del posto. Io volevo sposare un

inglese ed avrei a tutti i costi  imparato la
sua lingua.

# Luglio 1983 - Il corso di lingue estivo

In un pomeriggio di Giugno stavo tornando con Lucia da una passeggiata in bicicletta e per curiosità andammo a vedere i bandi sui quali erano usciti i nominativi degli studenti selezionati dal Comune di Roma per trascorrere un soggiorno estivo all'estero con tanto di corso di lingua. Sia io che la mia amica Lucia avevamo fatto domanda al Comune della nostra città – tutte e due per la Gran Bretagna – ma, scorrendo i nomi sulle carte vedemmo che io ero stata presa per il corso in Inghilterra a Reading, mentre lei per un corso di Francese a Lione. Il mio entusiasmo era alle stelle, quello della mia amica un po' meno. Essere selezionata dal Comune di Roma per un soggiorno di quindici giorni all'estero con tanto di voli di linea, corso di studio, sistemazione in famiglia, pasti e attività ricreative ad un costo bassissimo (sessantamila lire!!!) era certamente una cosa straordinaria! E poi per la prima volta! A soli diciassette anni! Era il mese di giugno del 1983. Una bellissima ricompensa per tutti quegli esami sostenuti al terzo anno dell'istituto professionale  che avevo superato con un ottimo profitto scolastico. In inglese poi avevo avuto la soddisfazione di sentirmi dire dalla mia professoressa di inglese laureata a Oxford e che tanto ammiravo "Ma Paola, cosa ci fai in questa scuola

professionale? Avresti dovuto fare il Liceo!".
Il suo voto finale in inglese era stato nove.
Nel corso dell'anno avevo avuto parecchie
soddisfazioni ed avevo compreso il
funzionamento della lingua straniera,
facendo le traduzioni dai pezzetti di
giornale italiani ritagliati dalla
professoressa come prova per i compiti in
classe, le traduzioni simultanee delle frasi
verbali ed altri meccanismi. Sapevo che se
la mia insegnante guida fosse stata capace,
sarei arrivata ad un alto livello linguistico.
Già in prima media, un giorno mi ero
dapprima preoccupata e poi rasserenata nel
vedere il viso della mia insegnante di
inglese che mi diceva:"Ma brava!!"
commentando i disegni degli orologi
schizzati a penna sul quaderno che
corrispondevano ognuno ad un orario scritto
in inglese. Lo avevo fatto per capire meglio
e tradurre correttamente. Quel "Ma brava!"
pensavo fosse stato un rimprovero ed
invece era una gratificazione.

Una volta tornata a casa avevo subito fatto
partecipe i miei genitori dell'esito della
selezione. Ma mentre mia madre esultava e
veniva coinvolta dal mio entusiasmo, mio
padre non mostrò alcun minimo segno di
esultanza, anzi guardò con volto severo mia
madre e disse "Ne sarai tu responsabile se
dovesse accadere qualcosa!". Era la prima
volta che avevo optato per una scelta non
famigliare ma personale, però era un corso
di lingua all'estero con tanto di guide e

accompagnatori. Questo fatto deve avere sbaragliato mio padre. Era la prima volta che io come  figlia prendevo una decisione tutta mia. Lui poi era militare e non poteva sopportare l'idea che a quell'età una ragazza potesse allontanarsi da casa da sola. In Gran Bretagna poi! Quando rimanemmo sole interrogai mia madre sul comportamento di papà e su quanto lui avesse detto, ma lei mi rassicurò e mi disse che era pur ora di fare una nuova esperienza e che si sarebbe fidata dell'organizzazione comunale. "Non puoi perdere un'occasione simile. Non ti preoccupare per papà. Gli passerà. "

## La prima volta in Gran Bretagna

Tutti a bordo del volo di linea Alitalia per London Heathrow il 4 luglio del 1983! Un anno indimenticabile per il caldo di quell'estate. Anche i verdi prati inglesi si erano rinsecchiti per il gran caldo! Secondo volo di linea per me dopo quello nazionale per Trieste di qualche mese prima, fatto con l'amica del cuore di allora Lucia che veniva ospite nel paese di mio padre nel nord est per la Pasqua e che mi aveva anticipato le emozioni del decollo. "Ora vedrai che accelererà forte forte e poi si stacca dal suolo". Dopo esserci entrambe preoccupate inutilmente per il timore di non avere messo alcuna indicazione sui bagagli spediti e quindi di non ritrovarli all'arrivo, la mia amica mi faceva notare che durante il decollo ero diventata tutta rossa in viso. Non parliamo poi del fatto che prima di partire quella mattina, a casa di Lucia – dove avevo pernottato – non ero riuscita dormire bene, sintomo di una certo stato ansioso percepito con una certa tenerezza dai famigliari di lei, più avvezzi a viaggi in aereo di anche lunga durata.

Questo invece era il primo volo internazionale! Con l'hostess che ad un certo punto del volo ha servito il pranzo a bordo e WOW! "Ma quello è un attore che conosco! Ha fatto Dracula!". Si, era G.Hamilton, probabilmente in classe business. Me lo ricorderò per tutta la vita. Dracula non si dimentica facilmente!

Una volta arrivati e sistemati nei pulmini con i capogruppo italiani per lo smistamento nelle famiglie ospitanti, a qualcuno prende il panico e comincia a serpeggiare la paura di rimanere solo all'interno di un nucleo famigliare straniero ed estraneo....

Io che volevo mostrarmi coraggiosa, cercai di placare gli animi  dicendo "Ma perché vi preoccupate tanto? Saremo smistati in coppia e ci saranno due persone per ogni famiglia, state tranquilli!". Il destino volle che per una serie di circostanze, mi ritrovai a stare sola presso una coppia di anziani con figlio grande in una località diversa – Wokingham - da quella in cui la maggior parte era stata dislocata – Reading -. In pratica ero l'unica partecipante al corso a rimanere isolata dal resto del gruppo! A distanza di anni però capìi che fu una fortuna. Ero in questo modo costretta a farmi capire e comprendere, a sforzarmi di usare al meglio il mio inglese imparato fino a quel momento. Ma in quel preciso momento non mi andava molto a genio!

## La famiglia ospitante

Wokingham era, ed è credo tuttora, un'area residenziale, fatta di case "inglesi" quelle con il piccolo giardino antistante, quello retrostante, i due piani di casa, la moquette dappertutto persino nella toilette, la scala appena si entra che va al piano di sopra, il salotto, la cucina e la sala da pranzo al piano inferiore. Nella casa che mi ospitava c'era anche un gatto. La coppia di signori anziani a cui ero stata affidata, i signori Hamsworth di 66 Crescent Road, è stata molto gentile con me anche se non riuscivo ad afferrare proprio tutto. Le mie difficoltà erano intensificate anche dal fatto di essere in un forte stato ansioso, probabilmente causato dalla consapevolezza di essere per la prima volta sola ad affrontare la situazione. Il signore zoppicava e camminava con un bastone. Mi parlava portandomi in giro per la casa, facendomi vedere la mia stanza piccola ma carina, il bagno con la vasca e la doccetta che "did not work" – " Non lavorava? Che significava?" mi sono chiesta. Con il tempo capirò che il verbo "work" non sta solo per " lavoro, lavorare" ma ha anche il significato di "funzionare". Poi il signore ha iniziato tutto un discorso ed io l'ho guardato con gli occhi sgranati perché non capivo. Mi stava spiegando il percorso che dovevo fare con il bus dal giorno successivo in poi per tutta la durata del soggiorno (fino al 15 luglio) per raggiungere Reading, dove il corso di lingua si teneva, la fermata, il numero del bus, gli orari. Ma io proprio non capivo. O non volevo capire. Alla fine al signore non e' rimasto altro che accompagnarmi tutti i giorni con la sua Volvo a Reading e venirmi a riprendere nel pomeriggio!

Questo fatto susciterà nei giorni successivi la curiosità degli altri studenti che ad un certo punto hanno sbottato: "Perché noi dobbiamo prendere il bus e tu invece arrivi accompagnata dall'autista?". Il bello di essere stati isolati. Per timore che potessi scegliere di stare presso una famiglia diversa, la famiglia ospitante ha cominciato a coccolarmi e a farmi sentire come una di casa.

"What would you like, darling, in your sandwiches?". Si perché a pranzo al corso ci si portava un cestino con il pranzo di casa che, scoprii, si trattava di panini imbottiti, del tipo tramezzini per essere più morbidi, spalmati dapprima di burro e poi ricoperti di varie sostanze, salse, ingredienti non bene definiti. Il primo pranzo venne consumato a metà. L'altro sandwich non meglio definito fece un volo nella pattumiera della scuola dove si teneva il corso di inglese.

"Please do not put any butter in my sandwiches" dissi il giorno seguente mentre la signora preparava i panini – suscitando quindi un "What would you like, darling, in your sandwiches?". "Salami" risposi mettendo in imbarazzo la famiglia, che reputava il salame una delle cose più costose (difatti è un prodotto importato!). "Ok. We will put salami but not everyday as it is expensive". Poverini, come budget li avevo già mandati fuori con le spese di carburante per il trasporto andata e ritorno quotidiano!

Con il passare dei giorni ho imparato a svegliarmi presto con la luce che trapassava dalle tende color arancio, a gustarmi anche del pollo tiepido bollito con dell' insalata anonima o al massimo ripassato in uno strano fornetto elettrico che emanava onde che riscaldavano e mai visto prima (il microonde!), a mangiare la sera o meglio il tardo pomeriggio con un vassoio in salotto mentre si guardava la tv e le notizie locali (la scomparsa dell'attore David Niven), a mangiare a colazione il cremoso latte intero che il milkman depositava sulla soglia di casa il mattino presto, nella ciotola con i cereali, a mangiare i sandwiches all'ora di pranzo con un dolcetto o un frutto alla fine, a bere thé con latte la sera accompagnato da biscottini comodamente seduta sull'altalena a dondolo nel giardino retrostante e ad ascoltare canzoni italiane mai sentite prima con lo stereo della mia stanza, incitata dalle nipotine della signora a cui piaceva tanto la canzone italiana (ma chi erano quelli che cantavano e che canzoni erano quelle che a me sembravano retrò??). L'ultimo rito era insopportabile. Il dovere sorbirmi quelle che non erano per me canzoni italiane contemporanee era un incubo. Allora ero una fans dei Pooh, ma lì non li conosceva nessuno. Puntualmente ogni giorno ecco che le nipotine Hamsworth venivano per farmi ascoltare le canzoni italiane sullo stereo per i vinili, credendo di farmi assai piacere!

## Knocker, il figlio grande

La famiglia Hamsworth aveva un figlio di cui non ricordo l'età ma che doveva avere sui 23/24 anni o giù di lì e che aveva una fidanzata secondo me perfettamente inglese, cioè bionda, con i capelli corti, piccola e ben fatta. Lui si chiamava Knocker. Ogni sera, una volta tornato dal lavoro, usciva e mi portava con sé dopo la cena delle ore 18-19 fatta con il vassoio di fronte alla TV, in quei tradizionali locali inglesi di cui avrei presto fatto conoscenza: i pubs. Spesso con sé c'era anche la sua ragazza, che poi ho capito guidava l'auto al ritorno altrimenti Knocker non avrebbe potuto bere. Ho così cominciato a frequentare i pubs inglesi, a bere poca birra, a rimanere frastornata dalle chiacchiere ad alta voce, a vedere il gioco delle freccette e un gioco del biliardo ridimensionato (il cosiddetto pool), a sentire alle ore 23 il suono di una campanella che – poi mi fu spiegato – era il segno dell'ultimo giro di birra che poteva essere servito. Non ricordo se i locali fossero pieni di fumo, perché non so se a quel tempo i clienti potessero fumare al loro interno. A dire la verità non ricordo se bevessi birra o semplicemente delle bibite analcoliche. Per me era tutta un' esperienza nuova ed avventurosa. Non ero mai uscita con gente estranea, che non conoscevo e per locali destinati all'esclusivo consumo di bevande alcoliche. Ero, allora, una diciassettenne alla prima esperienza "adulta". Fino a un anno prima i miei fine settimana, quando non ero impegnata nello studio, li trascorrevo con un'amica conosciuta alle scuole medie inferiori e con la quale continuavo a vedermi, anche se avevamo scelto due scuole con indirizzi di studio diversi, lei ragioneria ed io il professionale per il commercio, per poi scegliere dopo il biennio, il ramo di operatore turistico. Trascorrevamo il sabato pomeriggio passeggiando e gustando qualche innocente dolcetto, accompagnato poi magari da un bel calzone fritto. E in un anno avevo messo su dieci chili. Quest'anno avevo frequentato sporadicamente un gruppetto di amici che amava andare in discoteca ma, essendo mio padre piuttosto autoritario in fatto di uscite con gli amici e controllandomi "a distanza" - talvolta pedinandomi come un detective privato per vedere se ciò che gli raccontavo fosse vero e suscitando l'ilarità mia e di qualche amica coinvolta – non aveva certo incoraggiato questo mio desiderio di libertà e di frequentazione con amici, soprattutto ragazzi, procurandomi un certo impaccio e aumentando il mio desiderio di libertà e di nuovi spazi.

Figuriamoci dunque a Wokingham! Ero completamente libera, in un paese straniero, frequentavo ragazzi e ragazze e locali dove si serviva l'alcool e non avevo nessuno che mi controllasse o facesse mille domande. Ma qui al contrario mi si è materializzato il puro terrore degli alcolisti o comunque secondo me di chi beve normalmente 4/5 pinte ogni sera. Non avevo finora mai visto tanta gente bere contemporaneamente così tanta birra. Ero abituata a vedere mio nonno o papà sorseggiare d'estate una birretta, mescolata magari a della gassosa. Ma mai uomini bere l'equivalente di almeno due litri di birra a sera. E mi era stato detto che quando si facevano le gare si arrivava a ben 9 pinte! Ero scioccata! Nello sceneggiato "Poldark" non si parlava di bevute abbondanti di birra. A parte qualche sbronza del Capitano Poldark per la forte delusione d'amore iniziale, l'unico ubriacone era il domestico di casa Poldark, Jud, che beveva continuamente gin e brandy fino a diventare una macchietta e movimentare gli episodi di una certa dose di ironia e divertimento.

Al ritorno a casa con Knocker, vedendo il ragazzotto inglese strascicare le parole – che io già non capivo benissimo e ora con più con difficoltà - e non c'è cosa peggiore che quella di non comprendere quello che ti stanno dicendo mentre si è in uno stato ansioso – essendo lui non proprio del tutto sobrio ed io terrorizzata dal fatto che potesse – nella sua poca sobrietà – compiere qualche gesto inopportuno nei miei confronti, una volta saliti insieme al piano di sopra, aprivo velocemente la porta della mia camera richiudendogliela quasi in faccia con un rapido "Good night!". E non finiva qui. Avevo notato fin dal mio primo giorno di permanenza che la porta non aveva una chiave ed ero quindi terrorizzata dall'idea che il ragazzotto inglese potesse irrompere nella mia stanza con fare libidinoso di lì a poco o nel corso della notte. Dopo essermi guardata attorno per vedere cosa potessi fare per rendere l'accesso impossibile o perlomeno difficoltoso, ho visto che  c'era qualche pezzo di mobilia oltre allo stereo poggiato sul mobiletto accanto al letto e allora ho preso – tutte le sere prima di coricarmi – a spostare tutti i mobili possibili e spostabili contro la porta per impedirne l'apertura! Tutte le sere questo era il rito pre-coricamento. Una volta a letto  forse avrò pensato che non tutti gli inglesi trasudavano fascino come il Capitano Poldark....Forse perché quest'ultimo non era inglese, ma Cornico? Ci risiamo...

## Il *resto del soggiorno inglese e il rientro a casa*

Quel mio primo soggiorno inglese me lo ricordo anche per un'altra rara occorrenza: un caldo soffocante! Faceva così caldo che anche i verdi prati inglesi non erano più verdi ma spelacchiati e bruciacchiati dalla straordinaria calura. Dopo la visita a **Windsor** e agli appartamenti reali, un giorno fummo portati a **Oxford** e ricordo ancora la faticosa camminata tra i colleges universitari di grande fama con un caldo opprimente e noi tutti ad un certo punto stesi sulla poco verde erba dei prati a riprenderci dalla insopportabile calura! Credo che in quel periodo, stranamente, di pioggia inglese non ne abbia vista granché. La città di Oxford dopo quell'estate del 1983 l'avrei rivista molti anni dopo, esattamente trenta anni dopo, nel marzo 2013 in un clima completamente diverso e, anzi, opposto. La Pasquetta del 2013 a Oxford è stata gelida e fredda. Due giorni prima a Londra c'era stata una bufera di neve sulla sommità di Greenwich! Oxford ci era sembrata addirittura più fredda! Negli anni Ottanta era ancora lontana l'idea che il Christ College sarebbe diventato un punto di riferimento per la scuola di magia di Harry Potter e per noi era solo un vecchio college universitario degno di fama. La mia professoressa di inglese, quella mora, con i capelli a caschetto che mi aveva lodata proprio quell'anno, il 1983, chissà in quale università si era laureata....


I fine settimana si rimaneva con la famiglia e si seguivano i programmi pianificati. Una domenica i signori Hamsworth previa consultazione del figlio Knocker, pensarono bene di portarmi in una località balneare sulla costa meridionale, **Bournemouth.** Il problema però, era che non mi ero portata il costume da bagno, perché non avrei mai pensato di andare a prendere il sole su una spiaggia inglese! Ma la fidanzata di Knocker è stata così carina a tornare a casa a prendermene  uno dei suoi! E' stato poi veramente imbarazzante e difficile farle capire al suo ritorno che non avrei potuto indossarlo, perché nel frattempo andando in bagno mi ero accorta di avere il ciclo. Il suo viso era smarrito e costernato – forse anche per la corsa, il tempo e le energie impiegate ad andare e tornare. Certamente se fossimo state in epoca di cellulari avrei potuto fermarla – forse – perché a quel tempo non sapevo come si dicesse "ciclo mestruale" e non avendo dizionari a portata di mano fu alquanto difficile farle capire di cosa si trattasse. Ecco qua partiamo finalmente in auto per Bournesmouth con tanto di nipotine che decidono di farmi sentire la loro canzone italiana anche su musicassetta! Che tormento! Una volta arrivati ecco che la spiaggia mi si distende dinanzi in questa soleggiata domenica di luglio. Le nostre spiagge affollate le facevano un baffo! Decine e decine di persone sdraiate, sedute, appoggiate, direttamente sulla sabbia o su asciugamani multicolori si ammucchiavano su una striscia di spiaggia che terminava in un'acqua color fango, marroncina dove alcuni si arrischiavano a fare il bagno. Io sono rimasta vicino al muretto di contenimento non potendo mettermi in costume e di quel giorno mi è rimasta una foto con il sig. Hamsworth e il suo bastone, seduti sul muretto, in attesa che l'agonia passasse.

Londra. E lo shopping naturalmente. Si perché Londra è una città in cui lo shopping è un "must" ed acquistare qualcosa è d'obbligo per poi potere dire agli amici e famigliari, una volta tornati, che quell'oggetto è stato comprato lì... E' un non so che di indescrivibile, quasi un brivido di libidine, come quando gli stranieri si vantano di avere acquistato un oggetto "Made in Italy". Più o meno questo. Essendo io ancora una studentessa ho potuto a suo tempo permettermi ben poco. Ricordo però di avere acquistato una teiera, la prima di una lunga serie, per mia madre e che lei ancora possiede. Londra nel 1983 non mi ha particolarmente affascinato.

Seguivo il gruppo nelle sue peregrinazioni a Soho e il quartiere italiano, Piccadilly Circus, Trafalgar Square, scattando di tanto in tanto le foto con la mia piccola macchina fotografica per pellicole Kodak. Di musei non c'è stato tempo sufficiente a vederne. Non quella volta. Rimasi stupita nel vedere gli scoiattoli scorrazzare per i parchi londinesi ed avvicinarsi a noi umani, non sapendo che per entrambi, a Londra, scoiattoli e londinesi, è del tutto normale questo tipo di relazione quotidiana. E poi la Londra monumentale, quella della Torre e dei gioielli della Corona, che vidi per la prima volta e di cui rimasi affascinata. Credo fino ad allora di non avere mai visto corone reali incastonate di gioielli dalla luce così splendente. La seconda visita alla Torre la farò nel 2004, in occasione della festa di fine anno, ospite di mio fratello e mia cognata a Londra che si erano trasferiti lì.

Dopo averle visitate più volte, alcune città europee – compresa quella in cui vivo – suscitano in me il desiderio di attribuirle al genere maschile o femminile. Roma è femmina di natura, generosa e invitante, materna e calda. Parigi è anch'essa femmina, ma mentre Roma è "mamma", Parigi è per me la "gran dama che seduce". Anche se non ho un grande affetto per la capitale parigina. Londra invece, per me è maschio. Emana odore maschile. Sarà per le sue torri, le sue guglie, i grattacieli, l'architettura protesa in alto – ma non troppo – per me è uomo. Non è una città romantica, è una città d'affari, sbrigativa, piuttosto austera, misteriosa ma anche accogliente. Invoglia a conoscerla e a dirle di sì. Ecco, la Torre di Londra è simbolo per me di quel maschilismo prorompente che ricorda Enrico VIII e la sua imponenza, i suoi delitti (qui venne decapitata per suo volere e dopo la prigionia la sua seconda moglie, Anna Bolena) il suo potere e le sue voglie smisurate. Ma Londra è anche la città sorpresa dove, quasi a mò di scherzo, dopo vari delitti ed espedienti per avere un erede maschio al trono, Enrico VIII non sa che la figlia di Anna Bolena che lui aveva sottovalutato, Elisabetta, diventerà per una serie di circostanze una sovrana degna del suo nome e sarà la prima regina inglese sotto il cui regno l'Inghilterra troverà il suo posto in Europa come potenza navale ed economica, in quello che sarà un lungo periodo non privo di guerre e dispersioni di sangue.

E dopo lo shopping londinese e la prima volta ai magazzini Harrods, finalmente un party inglese, nella villa di non ricordo di preciso chi che però aveva la piscina – fatto interessante per smorzare il caldo soffocante di quei giorni. Quel giorno ricordo di essere andata a casa della famiglia che ospitava una compagna di viaggio, in attesa della festa del tardo pomeriggio/sera. Così ho sperimentato la prima volta la pastasciutta cotta in Inghilterra. Ne avevo una voglia matta dopo più di dieci giorni di assenza dalla tavola e quindi quando ho sentito che ci avrebbero servito delle linguine con carne tritata, mi sono rallegrata. Però poi quando le ho mangiate sono rimasta inebetita, perché credo fossero state riscaldate nel forno a microonde o, come lo chiamavo io a quel tempo, il fornetto, in quanto strumento ancora non diffuso nel nostro paese. Che lisciume!!!! La pasta era scotta. No lisciume non si dice è una parola inesistente ma credo serva a fare capire la sensazione di tatto con la lingua. La pasta era scotta, scivolosa e poco attraente. Ma avevamo fame e ci siamo divorati tutto! Io, d'altra parte, ero abbastanza vezzeggiata/ coccolata dagli Hamsworth.  E devo dire che grandi difficoltà non ne ho avute con il cibo – a parte talvolta :


• osservare la mattina la ciotola piena di latte intero cremoso e chiedermi dove fossero i biscotti. Che non rientravano nel breakfast inglese ma venivano immancabilmente mangiati la sera con la tisana serale....

- Il pollo lessato e senza condimenti che mi veniva proposto con un' insalatina scondita tirata fuori dal fornetto alle sei del pomeriggio;

- I sandwiches imburrati con sostanza indecifrabile che ho buttato il primo giorno per poi chiarire con la signora Hamsworth di non mettere burro..

- La Supper in the evening, la leggera cena a base di tisana e biscotti mentre si vedeva la Tv serale e prima di andare a coricarsi...

Stranamente in quel periodo nessuno fece menzione del tradizionale "Fish and Chips", merluzzo fritto con patatine, che scoprii poi grazie alla mia amica Laura durante il campo di lavoro del 1989 e che avrebbe segnato per sempre i miei soggiorni inglesi... nel senso che non mi sarei mai fatta scappare almeno un pasto a base di questa gustosissima frittura.

Mentre per la "clotted cream", quella burrosa crema che si stende sulle "scones", focaccine lievitate con dentro uvetta sultanina o ciliegie candite, avrei dovuto addirittura attendere l'invito al thé pomeridiano di Valentina nel 2012, perché di quella crema non ne avevo alcuna reminiscenza. Peccati di gola che facilitano la vita e ti danno una marcia in più – se non se ne abusa!

Ma torniamo al party. Fu lì che, tra un tuffo e l'altro, un pezzo di carne arrostita sulla griglia e l'appetitoso barbecue, tra una canzone e l'altra ci è venuto in mente lo scherzo da fare alle nostre famiglie nel momento del rientro a casa: ci saremmo tutti dipinti i capelli di colori diversi come i punk londinesi ed avremmo fatto prendere un colpo ai nostri vecchi! Diciassette anni e la voglia di stupire, di dire: siamo tornati diversi, siamo cambiati!! Ci siamo comprati le bombolette spray e poi nel volo di ritorno ci siamo spruzzati i capelli di tinta colorata. Ancora non c'erano le problematiche relative al terrorismo e al contenimento dei liquidi. L'Alitalia era allora una grande compagnia o perlomeno ritenuta tale. Loro, i miei compagni, si sono tinti i capelli. Io no. Non ne ho avuto il coraggio. Sono invece tornata a casa lamentando di non avere mangiato bene, dicendo che gli inglesi sono pazzi, grandi ubriaconi, bevono troppo e che avevo una gran voglia di tornare a casa... Non credo sarei tornata più in Inghilterra...

### Che sorpresa!

Arriva il giorno della partenza. Saluti abbracci, scambio di indirizzi per la futura corrispondenza e....che sorpresa! La signora si commuove, si mette a piangere....che carina! La commozione, al momento del commiato, fino al punto di versare qualche lacrima è, per un inglese, un fatto piuttosto raro, che non rientra nel carattere standard del britannico. Infatti non mi capiterà più di vedere un inglese versare una lacrima nei miei confronti al momento dei saluti come invece capitava a me, eccetto Chris, di cui parlerò nei paragrafi successivi. Che infatti non si considerava "inglese".

Sono rimasta a quel tempo sorpresa di constatare che, dopo una permanenza di sole due settimane la signora che mi aveva ospitata - e persino a pagamento – si fosse commossa al punto di versare qualche lacrima nel momento del commiato. Nei sette anni successivi ci siamo scritti inviandoci lettere ed aerogrammi e comunicandoci quello che stava accadendo alle nostre vite. La famiglia inglese è stata testimone dei miei ultimi anni della scuola superiore, della delusione del voto finale (volevo assolutamente prendere il massimo, sessanta ed invece mi sono disperata per avere preso 54!), dell'inizio degli studi universitari (li ho orgogliosamente informati della mia scelta per gli studi di Lingua e Letteratura Inglese!), dei miei primi campi di lavoro in Portogallo (avevo inviato alcune foto di me intenta negli "scavi archeologici"), a Werl-Hilbeck vicino Dortmund e a Praga. Della malattia di Alzehimer che aveva colpito mio nonno, del suo successivo decesso nel 1987 e del trasloco della mia famiglia dalla casa in affitto a quella dei nonni per poterli meglio accudire. Loro invece mi raccontavano di come crescessero le loro nipotine, del cambio di fidanzata di Knocker, del matrimonio con l'ultima (con tanto di foto e commenti sul retro delle stesse), poi del suo divorzio. Man mano che procedevamo con la corrispondenza mi raccontavano che la loro salute peggiorava – soprattutto quella del signor Hamsworth la cui gamba malandata gli dava filo da torcere. Fino a quando nel 1989 scrissi loro di essere tornata dopo ben sei anni nelle isole Britanniche, ma che non mi sarebbe stato possibile vederli, perché avrei partecipato ad un campo di lavoro nel nord del Galles. Da quella volta non ho più saputo nulla, non ho più ricevuto lettere e notizie. Mi sono spesso chiesta se non mi avessero scritto più perché erano rimasti male per il fatto che non fossi andata a trovarli o più semplicemente perché loro non c'erano più.

## Le estati a Ronciglione di fine anni Settanta

Io e la mia famiglia eravamo soliti trascorrere le vacanze estive un mese a Ronciglione, un paesino medievale quasi tutto in discesa e salita e vicino al Lago di Vico, ed un mese e mezzo al paese di mio padre, Cormons in provincia di Gorizia, dove papà aveva una vecchia casetta.

A Ronciglione ci andavamo tutti quanti, papà, mamma, mio fratello, i miei zii e i miei nonni materni, anche per il fatto che la nonna – malata di cuore – potesse evitare il terribile caldo romano e potesse ritemprarsi respirando la fresca aria di collina. Erano gli anni Settanta e Ottanta e nel corso degli anni abbiamo cambiato diverse case prese in affitto. Prima sul Corso principale, in due stanze con a malapena un bagno, poi al borgo in una casa a tre piani con tanto di soffitta, casa che ben ricordo per uno scivolone in cui mi sono fatta tutta la scalinata principale battendo la schiena ad ogni scalino; poi, dopo l'infarto di mia nonna del 1976 abbiamo optato per un'altra casa al borgo senza le scale e con lo sciacquone che faceva un rumore pazzesco. Infine l'ultima, vicino ad una delle piazze grandi del paese, con il bagno sul balconcino che dava nel vuoto del "canyon" viterbese.

Le giornate erano scandite da ritmi e rituali quotidiani e cioè:


**Mattino**: Colazione e preparazione per trascorrere la mattinata al lago (ci si doveva arrivare dopo le 10 perché altrimenti era troppo umido, a differenza del mare). Prima di arrivare al lago si faceva la spesa e si portavano le teglie condite di melanzane al tonno e pomodori, oppure il luccio al forno locale per farcele cucinare (non abbiamo mai avuto forni lì). Al forno si comprava anche la pizza con lo zucchero da mangiare dopo il bagno al lago.


**Dalle 10 alle 12.30 mattinata al lago.** Io e mio fratello appena arrivati non vedevamo l'ora di tuffarci in acqua, snobbando il maestro di nuoto e i piccoli allievi che a riva sbattevano le gambe. In particolare rompevamo le palle per fare il bagno con uno dei miei zii, che invece non sempre faceva il bagno e se ne stava comodamente all'ombra a suonare la chitarra o a leggere uno dei suoi gialli preferiti.


**11.00 bagno nel lago.** Credo ci prendesse 30/40 minuti al massimo, fino cioè a quando i nostri polpastrelli erano completamente raggrinziti e la mamma si svociava per farci uscire. Il lago per me è stato molto importante per il nuoto. Ho imparato a nuotare nel lago di Vico – dapprima volteggiando nell'acqua dove ero in grado di toccare e poi, con la tranquillità degli zii vicini, anche poco più in là dove non si toccava e c'erano le alghe. Sono anche quasi annegata nel Lago di Vico, in una delle mie evoluzioni artistiche in cui arrivavo a strisciare con il ventre sul bassifondo, ho realizzato ad un certo punto che non riuscivo più a tornare a galla, essendo schiacciata dal peso dell'acqua. Quella volta sono uscita stremata e senza fiato e mi ci è voluto parecchio per tornare a respirare normalmente e senza farmi girare la testa. Lo spavento è stato notevole. Non ho più fatto una cosa del genere e non l'ho detto a nessuno, se non di recente.

**Dopo il bagno pizza bianca con lo zucchero.** Rituale che non poteva mancare perché era uno dei più bei momenti della giornata. Mangiare tutta quella pizza bianca con lo zucchero adducendo come scusa lo sforzo comportato dal bagno al lago. Fino a quando ero una bambina questo non ha comportato grandi cambiamenti, ma al volgere dell'adolescenza e della prima giovinezza, sui 15/16 anni il rituale –

accompagnato da altri nel corso della giornata – mi portava ad aumentare di peso di 2/3 kg in due settimane, con grande sconforto in quell'età così delicata per l'apparenza e l'aspetto. Ma alla pizza non si rinunciava.

**12.30 rientro a casa per il pranzo.** A dire la verità io e mio fratello avremmo voluto trascorrere tutta la giornata al lago pranzando anche lì, ma non era nostra abitudine portare panini o vettovaglie per pranzare in loco e tantomeno, o assai raramente pranzare al ristorantino dell'Arenarie, la spiaggia dove noi solitamente andavamo. Il rientro a casa prevedeva risciacqui vari (non avevamo doccia), e poi pranzo. Dopodiché c'era per me e mio fratello il periodo "morto", quello cioè che rispondeva al rituale degli adulti del pisolino pomeridiano. Per noi una grande noia!

**14.00 Pisolino pomeridiano per tutti tranne per me e mio fratello.** Noi no, non avevamo sonno e non eravamo neanche un tantino stanchi. Non avevamo la televisione e quindi ci annoiavamo ad attendere che gli adulti si svegliassero e che ci preparassimo per l'uscita e la passeggiata pomeridiana. Talvolta si andava in strada a tirare qualche calcio al pallone o a giocare a pallavolo, oppure quando eravamo al borgo io ero solita frequentare una ragazza sordomuta della casa di fronte alla nostra che aveva tre anni più di me, tredici, una ragazza che a differenza di me già si truccava e portava unghie laccate e scarpe con il tacco alto. La nostra amicizia è durata per tutto il tempo in cui siamo rimasti al borgo, fino al 1976, poi, a seguito del nostro trasloco di casa, abbiamo perso i contatti.

**17.00 Passeggiata in centro e "struscio" con cono da passeggio.** Una volta terminata la siesta, gli adulti, io e mio fratello ci vestivamo con i vestiti buoni che la mamma e la nonna ci avevano cucito su misura e poi via si usciva verso il corso partecipando allo struscio locale, dove si incontravano parenti (la famiglia di mia nonna era originaria di Ronciglione e le sue sorelle erano nate qui), amici e conoscenti. E poi il secondo rituale della giornata, quello del cono da passeggio. Ogni tanto e soprattutto quando uno dei nostri zii era qui con la sua famiglia, ci permettevamo di sederci ai tavolini esterni e ordinare la famosa "granita di caffè con panna" o una coppa di gelato alle creme o alla frutta. Grazie a lui che si dimostrava sempre generoso pagando il conto potevamo godere di questo clima vacanziero totale! Ma per la maggior parte delle volte il cono lo mangiavamo camminando e dirigendoci verso i giardini del paese, che altro non erano che una boscaglia piena di terra fine che imbrattava le scarpe e i sandali. Niente prati verdi all'inglese e siepi curate, fiori, aiuole, nulla di tutto questo. Non so, a dire il vero, perché li chiamassero giardini…

**Rientro a casa per la preparazione della cena.** Terminata la passeggiata si faceva dietro front e si tornava indietro a casa, con ulteriori incontri di conoscenti, amici e parenti. Una volta in cucina si preparava la cena e poi ci si metteva a tavola, sempre senza TV, che non c'era mai. Le uniche notizie della giornata ce le faceva sapere il nonno con l'acquisto giornaliero del suo quotidiano…

**Dopo cena.** Ulteriore passeggiata nella vicina piazza con tanto di "ruote" fatte da me nello spazio aperto e percorso tra l'altro da automobili e godimento del fresco da parte degli adulti seduti sui gradini della fontana. Rientro a casa, posizionamento nei letti, brandine o divani letto e sprofondamento nel sonno.

Il giorno successivo tutto si ripeteva e così via per tutto il mese, dalla metà di luglio alla metà di agosto. Le varianti potevano essere alcune visite fatte agli zii di mia madre che abitavano nel paese in una casa abbellita e arredata dallo zio falegname, oppure al fratello della nonna che con la sua famiglia prendeva anche lui in affitto una casa nel paese facendosi accompagnare da tutta la famiglia.


Ma talvolta capitava di trascorrere qualche serata in discoteca, in quella dei famosi "Cigni", che verso la fine degli anni Settanta era la piccola discoteca che si è poi allargata con una pista a scacchiera gialla e nera molto più luminosa. Queste erano le mie serate preferite! Ho sempre amato il ballo e la dance, pur non avendo una flessuosità ed agilità particolari. Il ritmo mi ha sempre incantato e scatenato e per quel poco di frequentazione delle discoteche che ho fatto nel corso della mia vita, il gusto che ci prendevo era quello di ballare la musica da discoteca e di scatenarmi. Che ancora è per quelle poche volte che mi capita di frequentare feste nei locali al chiuso o all'aperto. Una passione che mi porto dentro – anche a casa – da quando avevo undici anni. Cioè da quando avevo undici anni ho sempre praticato una sorta di disciplina fisica (ginnastica, ballo, posturale, salto alla corda, esercizi ginnici) per due volte alla settimana anche dentro casa, nell'impossibilità o mancanza di volontà di andare in palestra – che tra l'altro non mi è mai piaciuta granché, se non per i due anni di jazzercise che ho adorato - .

A quei tempi – sembra impossibile a dirsi – in discoteca ci andavamo con gli zii e i genitori e i cugini di secondo grado. E ci divertivamo da pazzi! Almeno io! Il mio entusiasmo era troppo grande per potere accorgermi se anche gli altri fossero felici come me. Io ballavo e ballavo al ritmo della disco music! E mi acconciavo con scarpette ballerine argentate e sbrilluccichini sulle guance, lucidalabbra e nastrini argentati che passavano sulla fronte tipici della moda dei primi anni Ottanta. E così si ballava al ritmo della musica degli anni Settanta e Ottanta, con la "Febbre del Sabato Sera", gli Earth Wind & Fire, Donna Summer, i Cool and the Gang. Non si faceva mai esageratamente tardi ma ci divertivamo tanto.

Ricordo anche a quel tempo come fossi poco avvenente per il fatto di essere acqua e sapone e piuttosto piatta rispetto ad una mia cugina di secondo grado che alla stessa età aveva un seno bello prosperoso, vestiva provocante e portava i tacchi alti. Tutti guardavano lei che era molto più femminile. E a me la cosa dispiaceva. Ma poi non più di tanto. Allora non ero innamorata di nessuno. Avevo la passione per i Pooh e per Stefano D'Orazio. Il resto non contava.

### *La mia prima volta di Agatha Christie.*

Durante una di queste vacanze estive, in uno di quei pomeriggi noiosi quando tutti andavano a schiacciare il pisolino pomeridiano, mio zio se ne stava seduto sul divano a leggere uno dei suoi gialli preferiti. Evidentemente ho cominciato a seccarlo chiedendogli cosa stesse leggendo e lui, piuttosto che rimbrottare ha cominciato a creare delle situazioni alla Sherlock Holmes chiedendomi di indovinare chi fosse stato e in quale modo. Io mi ci divertivo alla grande ed ho cominciato ad appassionarmi al romanzo giallo e al thriller. Così venivo sottoposta ad indagini inquietanti con risvolti sorprendenti del tipo "Le Tre Bare" di John Dickson Carr (che era il giallo che mio zio stava leggendo e che poi mi ha prestato), oppure a delitti compiuti con dei ghiaccioli a forma aguzza che sciogliendosi non lasciavano traccia dell'arma all'interno di una stanza chiusa con il colpevole di turno.

Poi è venuta la volta di Agatha Christie. A undici anni ho letto il suo primo romanzo giallo, prestatomi dallo zio in questione. E l'ho letto durante quei pomeriggi tranquilli in cui tutti dormivano. Il giallo era "Sleeping Murder", l'ultimo scritto dalla Christie prima della sua morte avvenuta nel 1976 e successivo a quello in cui il suo eroe belga, Hercule Poirot muore di vecchiaia nel sonno. Qui l'investigatrice è la vecchietta Miss Marple tanto simpatica alla scrittrice.

Ero rimasta incuriosita dal racconto dello zio, che cercava di riassumermi la trama dandomi gli indizi per capire chi fosse stato l'assassino. In verità durante la lettura mi sono un poco spaventata e mi sono lasciata coinvolgere. Ricordo queste mani rosa che erano poi l'arma del delitto, ma non erano mani bensì guanti, quelli di un dottore peraltro e il fascino del percorso narrativo. Dopo quel giallo ne ho letti molti altri, partendo dai grandi successi della scrittrice e arrivando – nel corso degli anni – a leggerne circa quaranta e vedendo le versioni cinematografiche e televisive con diversi cast di attori. Continuo ancora a vedere le repliche delle storie investigative di Poirot interpretate magistralmente da David Suchet – il mio preferito – in quell'ambiente londinese e inglese a me divenuto caro. Ma sono arrivata a 49 anni per vedere la città di Torquay in cui Agatha Christie ha vissuto gli ultimi anni della sua felice vita con il secondo marito, il suo museo con gli arredi e il bastone di Poirot e i tailleur di Miss Marple. In pratica al ritorno dal mio viaggio in Cornovaglia del 2015.

I romanzi di Agatha Christie sono stati un'altra costante della mia vita. Ne ho letti in italiano e poi in inglese, per poi rileggerli in italiano. Provando a leggere altri autori mi è mancata quella vivacità, quell'ingegno e perspicacia tipici della scrittrice che tiene sempre il lettore in grande suspense, spesso facendogli credere di avere indovinato l'identità dell'assassino per poi svelare una nuova verità. Confrontando le storie di Poirot e Miss Marple con quelle attuali della serie televisiva del nuovo ispettore Barnaby, viene da chiedersi se il grado intellettivo del pubblico si sia abbassato.

# 1989 - Anglesey e Chris

All'inizio dell'estate del 1989 volevo fuggire da quel di Ostia e da una incresciosa situazione in cui mi trovavo da tempo. "Lontano dagli occhi, lontano dal cuore" si dice e così, sia per movimentare la mia routine annuale con un soggiorno all'estero praticando la lingua inglese, sia per sfuggire da un tormentato rapporto di amore e amicizia, mi sono iscritta ad un campo di lavoro estivo nel Nord del Galles, precisamente nell'isola di Anglesey e sono stata accettata.

Ho preso accordi con la mia compagna di viaggio, Laura, che ho poi scoperto essere stata qualche anno prima una compagna di università durante un corso sulla metodologia dell'insegnamento linguistico, per ritrovarsi alla stazione Termini il 30 giugno e prendere il treno diretto a Calais nel primo pomeriggio.

Non era la prima volta che partecipavo ad un campo di lavoro, il cosiddetto "workcamp" o "chantier de travail". Ero stata nel 1985 in Portogallo, raggiungendo la destinazione dopo avere preso ben 10 treni e dopo tre giorni di viaggio. Nella Germania del nord nel 1986 e a Praga, durante il periodo comunista, nel 1987.

L'unica spesa che doveva essere affrontata era l'acquisto del biglietto di viaggio di andata e ritorno e portare con sè qualche soldo contante, perché vitto e alloggio erano assicurati dietro prestazioni lavorative e volontariato. Vi erano generalmente e al massimo due rappresentanti per ogni paese, per evitare la sproporzione nazionale di ogni gruppo e favorire l'integrazione. Così avrebbero potuto esserci al massimo due italiani, due francesi, due tedeschi, due americani, due giapponesi e così via. Quest'anno avevo deciso di fare l'Interrail, la tessera ferroviaria valida fino ai 25 anni che permetteva di viaggiare senza limiti in tutta Europa e sui treni Intercity e locali. L'aereo a quei tempi costava troppo e non c'era ancora molta scelta con le low cost. Laura in un primo momento telefonicamente mi aveva detto che non ci pensava proprio di venire con il treno ma avrebbe preso l'aereo; poi però, non avendo trovando posto mi ha detto che si sarebbe unita al mio viaggio in treno.

Laura, un'amicizia che dura da allora, un tesoro trovato e serbato con cura, un profondo debito nei suoi confronti che non so se riuscirò mai a ripagare. Allora ventiseienne, diceva di sentirsi già un pò vecchia e continuava a ripetermi "Vedrai, vedrai. Fino ai venticinque non ci fai caso, poi all'improvviso ti senti vecchia". A quei tempi io avevo ventidue anni e sono arrivata ai venticinque con la preoccupazione che qualcosa sarebbe cambiato, ma niente o poco in me lo è stato, e più o meno sono andata avanti con le stesse convinzioni ed entusiasmo. Laura, che sembrava divertita a vedermi mangiare sul treno le scatolette di tonno e fagioli, tonno e piselli...Laura che mi diceva di non vedere l'ora di mangiare il pasto popolare inglese per eccellenza, "Fish and Chips", sul traghetto che da Calais ci avrebbe portato a Dover...

Una volta partite ci siamo sistemate nel nostro scompartimento scoprendo che eravamo sole. L'entusiasmo per la nostra solitudine è scomparso nelle fermate successive, quando sono salite a bordo le persone che con noi avrebbero dovuto condividere le cuccette notte. Mi ricordo di una signora inglese che allora ritenevo scorbutica e con la quale non abbiamo parlato granché, se non in serata con il cuccettista, per farle capire che io avevo la cuccetta superiore e non inferiore come lei continuava a sostenere. Poi di un ragazzo un pò maldestro salito a Bologna, che la sera prima di coricarsi si è preoccupato di sottolineare che le scarpe le avremmo dovute lasciare in basso e che si è agitato quando il cuccettista ci ha preso i documenti di identità e il biglietto ferroviario e stava quasi per inseguirlo, quando lo abbiamo rassicurato, dicendogli che il mattino seguente il cuccettista ci avrebbe restituito tutto. A me e a Laura ci era preso da ridere. La notte è trascorsa abbastanza tranquillamente, sentendo di tanto in tanto le frenate del treno in prossimità delle stazioni e i fischi dei capistazione. La mattina seguente alle sette meno un quarto sono stata svegliata da un'allarme sveglia che lì per lì non sono riuscita a identificare, poi con Laura ci siamo guardate attorno ed abbiamo capito che era in una delle borse del ragazzo maldestro, che però era andato alla toilette. Quando il tizio, tutto vestito come se dovesse andare ad un colloquio di lavoro è rientrato nello scompartimento, gli abbiamo fatto presente della sveglia e lui si è subito prodigato a raggiungere la borsa in cui aveva riposto l'allarme. Ora che ricordo assomigliava a un tipo come Mr. Bean. E anche la scena che è seguita è stata degna della comicità di questo attore. Infatti il ragazzo, una volta salito sulla scaletta ha accennato vagamente al fatto di stare per perdere l'equilibrio e ha sbandato  - con tutto il corpo e per tutta la durata della curva – andando sbattere alla fine contro la cuccetta mediana e in parte contro la mia. A me e a Laura era ripreso a ridere.

Una volta arrivate a Calais ci siamo imbarcate sul traghetto per Dover dove, presa da un entusiasmo infantile, mi sono lasciata sbandare di quà e di là in attesa di potere ammirare quelle che con un volo in aereo non avremmo potuto ammirare, cioé le bianche e altissime scogliere di Dover, un vero capolavoro della natura. Una volta sbarcate dal ferry boat ci siamo imbarcate su un treno destinazione Victoria Station a Londra. Il viaggio è stato piacevole ed abbiamo goduto del verde immenso del Kent e attraversato la campagna inglese. Una volta a Victoria Station abbiamo deciso di prendere un bus per Euston St. Pancras per poter dare uno sguardo alla città. Tutto piacevolissimo eccetto i trasbordi da un mezzo all'altro per il peso dello zaino e dei bagagli, che con il crescere delle ore di viaggio stava diventando faticoso. Infine ultimo tratto ferroviario da Euston St. Pancras a Bangor in Galles, dove saremmo arrivate alle 22.30.

Il primo inconveniente lo abbiamo trovato appena arrivate. La stazione era proprio piccolina e non c'era nessuno ad attenderci (l'era dei cellulari era ancora lontana). Inoltre, essendo le 23.00 non avevamo trovato neanche qualche passante a cui chiedere informazioni. Niente di niente. Abbiamo chiamato al numero di telefono indicato nei documenti di viaggio ma non rispondeva nessuno. Per fortuna abbiamo trovato un tassista molto disponibile che è stato molto cortese a provare a contattare per noi qualcuno del campo, per poi portarci, dopo vari errori e tentativi alla "base", una vecchia scuola nel bel mezzo della campagna gallese, tra sentieri tortuosi e stradine strette e a doppio senso.

Secondo inconveniente: la prima reazione all'incontro con i leaders del campo e con il dormitorio, in uno stato di totale affaticamento e di freddo. VOLEVAMO ANDARCENE. Ricordo che personalmente, nell'avvistare i due ragazzi all'interno del dormitorio mi sono chiesta: "Chi sono questi trucidi?". Due ragazzi di ventuno anni entrambi con i capelli lunghi e biondi, l'aspetto trucido e ribelle (uno di loro aveva persino l'orecchino ad anello), indossavano pantaloni jeans dimessi e con evidenti strappi ci hanno accolto, smettendo momentaneamente la preparazione delle sigarette con tabacco sfuso arrotolato nelle cartine – io lì per lì ho pensato pure che fossero delle "canne"...Il dormitorio, un OPEN SPACE con tanto di brandine e letti a castello dove MASCHI E FEMMINE avrebbero dovuto dormire.. Sì, mi era capitato anche prima nei precedenti campi di lavoro di condividere spazi aperti per entrambi, ma qui evidentemente il desiderio di privacy urgeva in me e Laura in modo manifesto! Esauste, insoddisfatte e deluse ci siamo coricate, io scoprendo il terzo inconveniente, quello di rendermi conto di avere portato abiti troppo leggeri ed un sacco a pelo estivo che non mi avrebbe riscaldata a sufficienza nel corso della notte.

Quarto inconveniente: veniamo svegliate al mattino da una radio messa "a palla" con la canzone degli U2 "WHERE THE STREETS HAVE NO NAME", con tanto di volume in aumento e un crescendo di chitarra elettrica. Io mi ritrovo i piedi gelati ed avrei voglia di dormire ancora per compensare i due giorni di viaggio pieno di treno. Ma i leaders ci vogliono tutti belli e pronti per iniziare l'attività sulla spiaggia, che riusciamo a posticipare però nel pomeriggio, dalle 14 alle 18.15. D'altra parte è domenica! Io e Laura ci rendiamo subito conto che trucidi o no, questi fanno sul serio.

Quinto inconveniente: il lavoro. Per quanto onorevole possa essere ogni attività fisica legata al sistema ambientale e all'ecologia, bisogna confessare che ci sono attività che non sono adatte a giovani ed esili braccia femminee come le mie e quelle di Laura, nonostante la nostra volontà. Oppure credo che in questo caso i leaders, Chris & Chris (hanno pure lo stesso nome!), abbiano SOPRAVVALUTATO le energie femminili, dandoci quel tanto sospirato livello di uguaglianza, che in questo caso io avrei preferito risparmiato. Dare martellate su uno "spite", letteralmente un tronco cilindrico di almeno una decina di centimetri per conficcarlo in un terreno sabbioso e asciutto, con un martello di un peso di almeno due chili, è un lavoro da CAMPO DI LAVORO nel peggiore senso della parola! Dopo un pò di martellate, una donna esile come me e Laura non ce la fà più! Non si possono fare lavori come questo per quattro ore consecutive! Se i due Chris non se ne renderanno conto io e Laura decideremo di seguire una strategia alternativa.

Sesto inconveniente: i pasti.

Il pasto domenicale è stato a base di sandwiches della serie "non so cosa metterci dentro, marmite o crema di arachidi?", che ci avrebbe assillato poi per tutta la durata del campo. Avevamo scoperto che i nostri leaders erano vegetariani e quindi con l'assenza di "affettati" e un campo limitato di cose con cui imbottire i panini, ci siamo arrese all'evidenza, rimanendo quasi sempre affamate. Fortunatamente la cena era stata preparata da un altro coordinatore del campo, un ragazzo dall'aspetto indiano di nome Bob, che ci ha preparato un pasto, che io a quel tempo ho definito "pietanze strane ma buone".

Io e Laura ci siamo poi preoccupate di garantirci una sorta di privacy ed abbiamo optato per una stanzetta adiacente al grande dormitorio, dove c'erano altri letti a castello. Accanto c'era anche un bagnetto con lavabo. Quella stessa sera tutti e tre i ragazzi, i due Chris e Bob sono venuti a farci compagnia e per parlare un pò, cercando di convincerci ad andare assieme a loro in un pub, ma io e Laura eravamo ancora molto stanche per il viaggio e abbiamo declinato l'invito.

Settimo inconveniente: il mio inglese non è all'altezza!

Nonostante gli anni di studi e gli esami superati, il mio inglese non riusciva soprattutto a comprendere tutto quello che veniva detto dai ragazzi, forse perché avevano accenti particolari o non so cosa, fatto sta che questo mi ha depresso assai, perché la lingua è molto importante per comunicare.

In totale eravamo una decina di "ospiti internazionali": un'americana, uno spagnolo, una polacca, un olandese, un belga, una francese, noi due italiane, una tedesca. Una simpatica compagnia che avrei a mano a mano sempre più apprezzato, anche se poi, per lo sviluppo che ha avuto, non mi ha fatto concentrare granché sugli altri a causa di un "evento inaspettato ed inatteso"....

### 3 luglio - *Secondo giorno*

Al secondo giorno ho cominciato a sentire le braccia e la schiena doloranti per avere utilizzato piccone, pala e mazza il giorno precedente nel costruire alcuni gradini di accesso alla spiaggia! Risveglio rock, attesa del lattaio per il cremoso latte in bottiglia con cui fare colazione e poi imbarco sul pullmino per ulteriori lavori alla spiaggia.

Io e Laura ad un certo punto ci siamo defilate, sgaiattolando via alla ricerca di una cabina telefonica che abbiamo trovato dopo avere arrancato su un'ardua salita asfaltata. Finalmente abbiamo intravisto la tipica cabina telefonica britannica, di vetro quadrettato e incorniciato di rosso, nel bel mezzo di un quasi nulla. Da qui si poteva telefonare direttamente con la moneta, sentendo scendere le sterline mentre si parlava con qualcuno a casa. Sono riuscita così anch'io a tranquillizzare i miei dal 30 giugno scorso dicendo di stare bene. Tutt'altra epoca che questa nostra dei cellulari e smartphones. La comunicazione era meno frequente e si limitava – almeno per quanto mi riguardava - per comunicare qualcosa di importante e non tanto "pour parler". "Sono arrivata, qui tutto bene, tutto bello, stiamo bene, mi sto divertendo. Poi vi racconto al ritorno". C'était tout. E proprio quando stavo per finire la chiamata ho visto con la coda dell'occhio una figurina esile che in lontananza si avvicinava a noi, salendo per quella stessa salita e l'ho riconosciuta: era Chris, non "il vichingo" ma l'altro, quello meno estroverso. Un lieve fastidio si è impadronito di me, per essermi sentita quasi controllata. Cosa era venuto a fare? Non certo per telefonare. Ci aveva seguite? Ci stava controllando? Lo abbiamo ricevuto tuttavia con un sorriso spiegandogli che volevamo avvisare casa di stare bene.

A quel punto Chris ci ha detto se volevamo accompagnarlo negli uffici della società per la difesa e salvaguardia dell'ambiente gallese per cui stavamo lavorando ed abbiamo accettato. Cosa si fa pur di lavorare poco! E così durante il tragitto gli abbiamo spiegato che per noi quel tipo di lavoro era duro e che non riuscivamo a durare più di tanto. Il resto del pomeriggio lo abbiamo trascorso visitando gli uffici dove i componenti del progetto ecologico avevano la base. Poi abbiamo accompagnato Chris a fare la spesa e infine siamo tornati alla nostra base, la scuola-campo. Laura ha cominciato a questo punto a fare alcune allusioni sulla bravura alla guida del "mio uomo"...L'ha detto scherzando e in modo ironico ed io sono stata allo scherzo...

Al campo abbiamo scoperto che la francese Claire e la polacca Anna si erano ritagliate uno spazio nella camera dove noi pernottavamo e dove c'era posto ancora per due persone nei letti a castello. Così ora eravamo in cinque tra camera e cameretta adiacente. In effetti l'open space era troppo vasto, rumoroso e freddo.

In cucina invece l'americana June stava preparando la cena con Anna, cercando di intendersi con gesti e altro. Laura si è offerta di preparare i funghi ed io invece, con occhi brucianti e testa dolorante me ne sono stata fuori ad aspettare l'ora del desinare, con una grande voglia di fare una bella passeggiata. Ho notato come tutti, più o meno, fossero belli e abbronzati per essere stati esposti tutte quelle ore in spiaggia. Io e Laura invece molto meno....Durante l'attesa ho sperato che l'indomani il lavoro fosse di altra tipologia...

## 4 luglio - Terzo giorno

Il quattro luglio negli Stati Uniti si festeggia la festa più importante a livello nazionale: la "Dichiarazione di Indipendenza Americana dal Regno Britannico". La sera quindi June ci ha detto che avremmo festeggiato bevendo birra, che avrebbe comprato lei stessa. Prima di andare a lavorare in spiaggia abbiamo fatto sosta in un negozio per fare provviste di cibo e comprare il necessario per la cena preparata da me e Laura l'indomani sera. Sarebbe stato in effetti il nostro turno in cucina e pensavamo di preparare degli spaghetti con un sughetto al pomodoro, che i nostri compagni di avventura avrebbero certamente gradito.

Una volta in spiaggia abbiamo aiutato a fissare una palizzata in legno sul sentiero che conduceva alla battigia, per impedire ai bagnanti di calpestare la flora che cresceva spontaneamente sulle dune, che altrimenti sarebbe scomparsa. Questo infatti era uno dei compiti per la difesa e salvaguardia della costa e delle spiagge gallesi. Anche oggi l'esposizione al sole era stata intensa ed alcuni di noi dalla pelle chiara, in particolare Claire, si erano arrossati più del solito. Io ero ancora ben lontana dal capire che l'esposizione solare è dannosa ai fototipi come il mio se non si proteggono con una crema solare ad alta protezione. L'anno prima mi ero arrossata come una pellerossa prendendo sole a volontà in Calabria, esponendomi con protezioni solari nulle o basse anche in orari di massima intensità dei raggi solari, facendo in continuazione bagni di mare e non riposandomi sotto l'ombrellone. Ma i tempi del melanoma erano ancora lontani e i primi suggerimenti del dermatologo sono arrivati solo a partire dal 1998 con le protezioni totali, e quindi a quel tempo non facevo altro che volermene stare al sole tutto il tempo, cercando di abbronzarmi sempre di più. Anche oggi solito pasto con sandwiches e ripieno a sorpresa e infine il pomeriggio rientro alla base.

Ed ecco uno dei momenti che mi terrorizzavano di più: la salita con pendenza del 25%. In questi giorni, per tornare alla scuola base dalla spiaggia dove stavamo effettuando i lavori, eravamo costretti a percorrere una brutta salita con il 25% di pendenza. Per di più le strade gallesi sono piccole, tortuose, a doppio senso e strette come quelle della Cornovaglia. Affrontare una salita ripida con un pullmino con a bordo più di dieci persone era la cosa che più mi terrorizzava in questo campo. Il pullmino guidato dall'uno o l'altro Chris prendeva la rincorsa per affrontare il tratto, poi, nel punto più critico, quasi alla fine della salita il motore a poco a poco si spegneva ed il pullmino cominciava a fare retromarcia e a dirigersi nella direzione opposta, con me in particolare che si cacava nelle mutande, perché sotto c'erano le scogliere e la spiaggia! Mi tornava in mente un ricordo incubo delle vacanze invernali del 1985 a Siusi, quando – con gli sci addosso e spronata da una cugina di mio padre che non si era resa conto del mio basico livello sciistico – ero costretta a "buttarmi" a capofitto in un tratto di discesa senza dovere frenare per poi affrontare la ripida pendenza successiva (cosa che non sarebbe riuscita se avessi affrontato la discesa a spazzaneve) e che puntualmente, come ora con il motore che si spegneva, mi vedeva cadere senza dignità e come un pupazzo tra gli spruzzi di neve nel bel mezzo della discesa - ma fortunatamente senza gravi conseguenze - con la conseguente ripresa degli sci e arrampicata forzata a piedi.

Quella sera prima di cena io e Laura abbiamo deciso di fare una passeggiata dirigendoci verso un pub - dove più tardi ci saremmo recate con il resto del gruppo – alla ricerca di una buca da lettere dove spedire le cartoline per i nostri amici e famiglie. E qui ci e' capitato qualcosa di inaspettato. Una delle cose che possono capitare solo in quello che definisco "Il Paese delle Meraviglie", cioè la Gran Bretagna.

La cosa bizzarra è che tutto ciò è avvenuto semplicemente perchè avevamo chiesto ad un signore, apparentemente in attesa sulla sommità di una collina, dove esattamente si trovasse questa buca per le lettere. Per tutta risposta il signore non solo ci ha portate dove la buca si trovava ma ci ha detto di aspettare che sarebbe tornato con il suo asino. Ed eccolo infatti che tornato sui suoi passi con l'animale dalla pancia gonfia per l'abbondante pasto, ci ha lasciato in compagnia del suo amico dicendo di custodirlo fino al suo ritorno tenendolo per una cordicella che lo imbracava! A quel punto la scena era veramente comica! Incredule entrambe, ci siamo fatte una foto ciascuna per ricordo e per dimostrarci in futuro che "ciò era veramente accaduto". Dopo un pò il signore è tornato con tanto di pappagallo parlante a cui dava da bere coca cola e da mangiare caramelle Polo!

Il bizzarro incontro ci aveva però comportato un ritardo sui tempi della cena con tanto di spiacevole constatazione che non c'era rimasto più nulla per noi di cucinato al nostro ritorno e che quindi ci saremmo dovute accontentare di quello che c'era in cucina. Rovistando ho rimediato, insalata scondita, scatoletta di sardine, una mela, mezzo arancio, cetrioli, formaggio. E poi pronte per il dopo cena al pub.

La serata è andata degenerando, con June e Bob che si sono ubriacati, un intavolamento di discorsi sconci con tanto di richieste di traduzioni di parole volgari a sfondo sessuale, Chris che non potendo guidare è tornato con noi a piedi (multe severissime in UK, con sospensione patente fin da allora, per chi guidava dopo avere bevuto anche due pinte di birra). Un modo molto americano di festeggiare! Siamo rimasti fino alla chiusura del pub con l'ultima birra servita alle ore 23,00 preceduta da una scampanellata di avviso. Poi rientro alla base passeggiando sotto un cielo stellato e con accanto Laura e Chris il magro che io cominciavo a chiamare Christino per distinguerlo dall'altro (e che mi ritrovavo sempre tra i piedi!). Infine Anne la ragazza polacca mi ha affiancato e mi ha detto di essere stata offesa e presa in giro dalla ragazza americana e dagli altri ed io, che prendevo sempre a cuore quelli che mi sembravano deboli (prendendo talvolta delle cantonate!), mi sono arrabbiata e ne ho parlato prima di addormentarmi dalla mia cuccetta intermedia con Laura e la ragazza belga Claire. Divertirsi si, ma senza offendere nessuno e limitare i propri scherzi con coloro che non hanno voglia di scherzare. Questo era quello che secondo me sembrava giusto.

Rincantucciata nel sacco a pelo e prima di cedere al sonno ho rimuginato sulla battuta nel pub fatta a me dal Chris Vichingo, che io avevo cominciato a chiamare "Dick", galletto, ma che significava anche "cazzo". Ad un certo punto, mi ha mostrato un segnale di divieto di accesso e mostrandomelo mi ha chiesto:"Paola conosci questo segnale?", "Certo" gli ho risposto. Ma lui con un sorriso malizioso voleva intendere che io non gli stavo dando accesso, che io per lui ero un vicolo con divieto di entrata. Una metafora. Il cui significato era ovvio.

## 5 luglio - Quarto giorno

Questa giornata è stata dedicata ad un'escursione alla montagna più alta del Galles: Snowdon, che dà il nome all'area chiamata, per l'appunto, Snowdonia. Il Galles è una regione in effetti collinosa e non piatta e verdeggiante come l'Inghilterra. Siamo partiti alle 11.00 con tanto di zaini pieni di panini e bibite per un pic-nic. Abbiamo parcheggiato il pullmino e poi cominciato a camminare lungo un sentiero che ci avrebbe portati in vetta, ad un'altezza di 1085 metri. Ma il sentiero intrapreso era quello sbagliato (ma i leaders non avevano delle mappe? O non conoscevano i luoghi? Mi sono chiesta se non li stessi criticando troppo) e ci siamo ritrovati a scalare macigni e muretti, attraversare pascoli sotto un sole cocente. Dopo un pic-nic fatto all'ombra di un albero ci siamo messi a cercare il sentiero principale che è stato trovato dopo un bel pò di tempo. Ancora poi strade asfaltate e sentieri. Quando abbiamo imboccato il percorso giusto ed era un bel pò che si camminava, Chrissino mi ha fatto vedere da lontano la destinazione e qui mi è preso un colpo, perché c'erano da camminare ancora cinque miglia in salita per arrivare alla vetta!

Dopo esserci ristorati nei pressi di un ruscelletto con la compagnia di pecore che pascolavano liberamente, abbiamo ripreso il cammino ma io, Laura e June che era in fase di post sbornia abbiamo deciso di fermarci alla prima stazione ristoro dove abbiamo gustato una limonata, preso un Mars e chiacchierato fuori all'aria aperta, godendoci il paesaggio delizioso e il bel sole, ammirando il famoso trenino a vapore che arrivava alla vetta e aspettando il ritorno degli altri. Più tardi ci siamo gustate un té ed io, per la prima volta, ho assaporato uno scone, uno di quei dolcetti poco lievitati che mi avrebbero, da allora in poi, fatto impazzire e che avrei gustato – ogni volta tornata in Inghilterra - almeno una volta e che è arricchito da uva sultanina o da ciliegie candite. L'attesa degli altri si faceva sempre più lunga e quindi ad un certo punto abbiamo deciso di cominciare a scendere in basso, sostando ancora una volta vicino ad una vecchia casa di pietre, all'ombra di un alberello che si ergeva lì vicino.

Ripreso il cammino, ci siamo viste raggiungere da Chrissino e Paul e con loro siamo arrivate al vicino villaggio aspettando che Chris andasse a prendere il pullmino e ci riportasse, alla discesa di tutti, alla base. Si era oramai fatto tardi per rientrare e cucinare la cena e quindi è stato deciso di consumare un bel piatto di "Fish and Chips" sul posto. Quel "Fish and Chips" di cui Laura mi aveva tanto parlato. E' stato divertente ed insolito perché, dovendo mangiare in piedi abbiamo occupato buona parte del marciapiede! Battesimo personale anche per questo piatto tipico del "fast food" inglese, che ho fatto inondare di aceto per togliere l'eccesso di olio fritto. E d'ora in poi avrei fatto sempre così.

La povera Kerstin, la ragazza tedesca, nel camminare così tanto e su percorsi impervi si è sfasciata totalmente gli stivaletti ed è stata costretta a mettersi le lunghe scarpe da ginnastica di qualcun altro, suscitando i nostri sorrisi e battute. Ma la giornata non era ancora finita, perché dopo una doccia e un cambio di abiti alla base, siamo usciti nuovamente per andare a sentire una "band" che suonava in un albergo e scoprire che si trattava di un gruppo rock e non della banda del paese come io e Laura avevamo pensato!!! Il corso di lingua inglese andava intensificato!!! Anche quella sera Chrissino, mentre ero fuori mi aveva cercata e sono dovuta rientrare dentro per non farlo preoccupare. Mi sembrava di avere una guardia del corpo personale... Ho anche avuto la sensazione che, poichè durante il campo mi ero messa a scrivere tutti i giorni e a diverse ore del giorno sul mio block notes, per riportare le mie impressioni, i miei pensieri, come facevo sempre durante i miei viaggi, i due Chris pensassero che stessi scrivendo critiche sul campo, perché da un certo punto in poi hanno cominciato a chiederci se volessimo fare qualcosa, se potessero accontentarci.

La gita a Snowdonia era stato il primo passo.

## 6 luglio - Quinto giorno

Un'altra giornata che considero positiva, nonostante il tempo brutto. Ha piovuto gran parte della mattinata e quindi non abbiamo potuto dedicarci al nostro lavoro che oggi si sarebbe dovuto svolgere presso alcune fattorie vicino al pub in cui abbiamo trascorso una serata. Quando la pioggia ha smesso un poco di scendere, siamo andati a fare una camminata per il sentiero che porta fino al mare, in un punto in cui ci sono delle barchette che si trovano in secca fino a quando l'alta marea arriva. Che emozione è stata quella di avvistare un leone marino! Siamo rimasti sulla spiaggia ghiaiosa con l'intenzione di fare un picnic, ma un grande temporale ha cancellato i nostri piani costringendoci a ripercorrere il sentiero che ci avrebbe condotti alla Jeep di Chris. Ci sono stati momenti di tensione, perché ci siamo resi conto che la marea si stava alzando e noi eravamo isolati sulla spiaggia in basso e non potevamo ripercorrere i passi fatti all'andata. Ci siamo arrampicati in alto e trovato un sentiero per raggiungere il fuoristrada. Qui tutti ammucchiati abbiamo mangiato i sandwiches ripieni di crema di arachidi e poco altro; poi abbiamo accompagnato al pub alcuni di noi e con Laura e Chrissino siamo andati a comperare le ultime cose mancanti per preparare la cena. Stasera sarebbe stato il turno mio e di Laura. Ho approfittato per acquistare alcune cartoline da spedire ad amici e parenti ed ho poi raggiunto i miei due compagni di campo al pub, nella sala del "pool" (quello che io chiamo il mini biliardo) dove io e Laura ci siamo cimentate in una partita.

Mano a mano che i giorni passavano sentivo di ambientarmi sempre più ed anche il livello di divertimento aumentava. I due Chris, ma in particolare Chrissino era molto gentile e disponibile e andavo d'accordo con lui, anche se trovavo difficoltà a capire tutto ciò che diceva. Laura aveva addirittura azzardato l'ipotesi che io avessi potuto piacergli, ma io credevo potesse essere semplicemente una questione di gentilezza e niente più. Una volta in cucina io e Laura ci siamo messe a cucinare e preparare il menù che avevamo concordato: spaghetti al tonno e pomodoro, piselli al burro e frittata di zucchine. La cosa buffa è che molti, incuriositi, venivano a vedere cosa stavamo preparando e noi continuavamo a cacciarli dalla cucina perché non volevamo nessuno intorno. Alla fine abbiamo anche sistemato la cucina che versava in uno stato pietoso. A cena abbiamo avuto un'ospite, Gwenan, una delle organizzatrici del campo. Dopo cena siamo tutti andati al pub di alcune sere fa e Laura si è messa a giocare a "pool" e poi a freccette. Io invece sono rimasta a parlare con Chris il Vichingo ed il suo amico Paul. Mi hanno chiesto se ci fosse stato qualcosa che mi sarebbe piaciuto fare durante la permanenza al campo e che era un bene per loro sapere cosa ci piacesse fare, perché avrebbero cercato di organizzare il nostro tempo libero con cose piacevoli. Una volta tornate nelle stanze per dormire abbiamo finito la serata lanciandoci tutti pallettate da una stanza all'altra. Un dulcis in fundo....

## 7 Luglio - *Sesto giorno*

Una giornata, questa, lunghissima e piena di avvenimenti. Nonostante abbia piovuto tutto il giorno ci sono stati alcuni fatti che hanno movimentato la tranquillità del campo. Alle 12.30 ho accompagnato con Laura, Kerstin e June, Chris il vichingo a fare acquisti di cibarie e sono tornata al campo fradicia di pioggia dalle cosce in giù. A pranzo abbiamo mangiucchiato qualcosa e qui avviene il *primo avvenimento* straordinario della giornata.

Stavo scambiando qualche battuta con Chris il vichingo e dicendo a June che avrebbe dovuto acquistare una rivista con uomini nudi anziché donne nude - non considerando il fatto che potesse essere lesbica, cosa di cui mi sono resa conto molti anni dopo, alla rilettura degli appunti di viaggio – quando all'improvviso Chris mi ha proposto di andare a fare una doccia con lui! Che Celtic Lover! Lo ignoro. *Secondo avvenimento* della giornata. Anna, la ragazza polacca si è rivolta a me con i suoi modi bruschi e aggressivi da tipica ragazza dell'est europeo comunista di quegli anni "pre-crollo muro" chiedendomi di prestarle la lacca per capelli per togliere delle macchie dai suoi indumenti, che lei credeva avessi involontariamente fatto io. Trovavo Anne a quel tempo un pò strana, sia per l'aggressività caratteriale, che per la maniacalità della pulizia del suo corpo (si sentiva male e borbottava se non faceva almeno due docce al giorno compreso il lavaggio dei capelli). Mi piaceva dialogare con lei, ma a volte la trovavo troppo petulante e ROMPICOGLIONI. Va d'accordo anche Claire, mentre ha rotto completamente con June, dopo che quest'ultima l'aveva insultata in polacco sere fa, quand'era completamente ubriaca.

Il campo era un microcosmo di personalità e oserei dire di personaggi: Claire era buffa, piccola e paccottella, ma soffice e tenera; Daniel, il ragazzo belga sembrava un maniaco dall'aspetto, per quel suo tacere a lungo, quel cappello che si schiacciava sulla testa a forma di uovo come Poirot, il suo sguardo annebbiato; George, lo spagnolo, era un tipico bulletto diciottenne, un "young Latin Lover"....

Nel pomeriggio ho accompagnato la mia amica Laura alla cabina telefonica sopra la collina da dove ha chiamato i suoi. Avremmo voluto passeggiare di più ma il tempo non ce lo ha consentito. Ha continuato a piovere anche il pomeriggio. Che estate britannica! I leaders prima di cena hanno deciso di proiettarci una serie di diapositive che illustravano il lavoro dei volontari nei precedenti campi di lavoro e poi abbiamo gustato la cena preparata da Chris il vichingo e Paul. Gwenan è stata nostra ospite anche questa sera. Mi sono resa conto che quando parla lei io riesco a comprendere tutto. Forse il mio livello di inglese dopo una settimana è nettamente migliorato...oppure lei riesce a farsi capire, oppure i due Chris parlano un inglese slang, con accento fuorviante....

Dopo cena usciamo tutti per andare ad un tradizionale pub inglese frequentato spesso dai nostri capigruppo. E qui ci avviciniamo al *terzo avvenimento* ed ultimo della giornata. Dopo avere sorseggiato una mezza pinta di birra (per me, ma pinte per gli altri), i due Chris ci hanno detto che si sarebbe festeggiato un compleanno a casa loro e che saremmo rimasti a dormire tutti lì con i sacchi a pelo che avevamo portato. Questo perché si sarebbe fatto tardi e nessuno sarebbe stato in grado – dopo avere bevuto tutta quella birra – di condurci al campo con il pullmino, anche con il rischio di beccare la sospensione della patente per guida in stato di ebbrezza. Ero sinceramente stanca ed avrei avuto voglia di dormire nel mio letto a castello del campo, ma l'atmosfera cameratesca mi aveva coinvolto e mi sono lasciata tentare.

La prima sorpresa è stata quella di scoprire che il compleanno era di Andy, l'amico dei due Chris che condivideva la casa in cui vivevano. L'avevamo incontrato qualche sera prima, quando ci avevano portato dopo cena a sentire un pò di musica dal vivo in un hotel dove suonava un complessino, e a me e a Laura non era piaciuto. Un tipo dalla pelle scura, forse latinoamericano, completamente strafatto di erbe non riconosciute come propriamente mediche, che continuava a fissare me e Laura in maniera ossessiva. A casa dei Chris era letteralmente un casino: disordine dappertutto, sporcizia, divano e poltrona rotti, posters seri e meno seri sui muri – ricordo quello in salotto con gli organi di riproduzione maschile e femminile -. Chrissino si vergognava di ospitarci così e ci ha offerto, per trascorrere la notte la sua camera da letto ed il suo letto (a me e a Laura). Nonostante il caos casalingo, io in fondo in fondo ero contenta. Qualcosa dentro di me stava mutando...

Ho retto per un pò con Laura i discorsi sprofondata nel divano rotto, rifiutando ulteriori lattine di birra che non mi andava di bere. Poi Laura si è alzata per andare al bagno e prepararsi per la notte. Avevamo deciso di coricarci. Dopo qualche minuto sentiamo un urlo provenire da lì. Laura è corsa nuovamente verso il salotto tutta spaventata e dicendomi che Andy l'aveva seguita fino alla toilette e se lo era trovato davanti una volta aperta la porta! I due Chris ci hanno tranquillizzato dicendoci che Andy era innocuo (nonostante l'aspetto??) ed io mi sono fatta assicurare che lui avrebbe dormito in una stanza lontana dalla nostra. Bob e June si sono accomodati con i loro sacchi a pelo a terra. Poi una volta coricata dentro il mio sacco a pelo sul letto che condividevo con Laura,  Chrissino mi ha coccolata portandomi il suo orsacchiotto per farmi compagnia ed io mi sono lasciata scappare che avrei preferito che fosse rimasto lui a dormire accanto a me. Si. Avevo decisamente mutato la mia opinione nei suoi confronti...

## *8 Luglio - Settimo giorno*

Sveglia alle otto (erano le tre quando ci siamo coricati la sera prima), preparazione in fretta e furia per andare con gli altri al campo base a fare colazione e poi attrezzarci per andare a lavorare sulla spiaggia. Lì ho lavorato fino all'una circa piantando pali e fissandoli nella sabbia in maniera che le macchine non potessero parcheggiare in prossimità delle dune, distruggendo l'ecosistema. Una breve pausa pranzo con i soliti sandwiches "non so cosa metterci dentro" ed una passeggiata sulla spiaggia; quindi di nuovo al lavoro ma stavolta per dipingere uno dei "kissing gates" nelle vicinanze di un cottage. Questo lavoro mi si confaceva pienamente in quanto leggero rispetto a quello della mattina, assai faticoso. Una pennellata qua, un'altra là ed il padrone del cottage che carinamente ci ha invitate ad una pausa del thé con l'inglesissimo "touch of milk", il goccio di latte che fa la differenza. Rientro al campo base camminando un poco e poi a bordo del nuovo furgoncino Ford, che Chris e Paul avevano noleggiato.

La sera, dopo il lavaggio di alcuni panni, ho deciso di andare in cucina con Laura ad aiutare June che era di turno e che vagava disorientata e perplessa non sapendo cosa cucinare. Allora io e la mia amica romana ci siamo messe a preparare delle uova con bacon e a riscaldare dei fagioli in scatola.

Avremmo dovuto sbrigarci, perché questa sera saremmo dovuti andare in un cinema di Bangor, per vedere la proiezione del film appena uscito "Indiana Jones: the last crusade".

Arrivati di corsa abbiamo fatto la fila e Laura si è accorta di avere smarrito il biglietto di ingresso! Nonostante ciò è riuscita ad entrare lo stesso ed io sono riuscita a guadagnarmi un posto in galleria, in mezzo ad una marea di gente. Ogni volta che avrei poi rivisto quel film nelle sue molteplici repliche televisive, mi sarei ricordata di quella volta in Galles, quando lo avevo visto in lingua originale.

Al termine abbiamo atteso Chris e Paul con il pullmino e siamo rientrati alla base. Rilassati più che mai e con il desiderio di bere e spiluccare qualche cosa, ci siamo riuniti nella grande cucina. Sarà stata l'atmosfera rilassata, sarà stato che oramai ci conoscevamo da una settimana, fatto sta che sono venuti fuori certi discorsi sui corteggiamenti e gli abbordaggi di ragazze, anche perché Jorge e Daniel avevano cercato di farsi filare da alcune ragazze inglesi fuori dal cinema. E proprio nel bel mezzo di questi discorsi Chris il vichingo, detto anche Joe Tempest per la folta bionda chioma riccioluta di fronte a tutti se ne esce con un "Paola..", ed io "Yes..", e lui "Shower? You and me?". Ero rimasta senza parole. Non me lo aspettavo. E' vero che ci aveva provato già qualche giorno fa, ma lo aveva detto scherzosamente. Stavolta diceva sul serio. In quel momento ho notato che mancava un'altra persona, l'altro Chris, Chrissino, il ragazzo che aveva scambiato con me battute e scherzi per tutta la settimana, che era stato gentile con me e che mi stava mancando...

## 9 Luglio - Ottavo giorno

Domenica. Il nostro giorno libero. Sveglia alle 10.30, preparazione, vestizione, colazione e partenza per l'escursione a Caernarfon, dove c'è un castello medievale. Niente di particolare secondo me, perché all'interno delle mura vi era un grande cortile con cinque torri che potevano essere visitate ma che erano di poco interesse, in quanto prive di mobilio ed arredamento. Nessuna ispirazione quindi per storie spettrali e cavalieri della tavola rotonda che erano perdutamente innamorati di principesse e regine.

Il panorama visto dall'alto era invece poetico e quasi romantico: il paese non molto distante, gabbiani che emettevano il loro tipico richiamo stridulo sorvolavano la zona del castello e del porto sottostante. Alle due e mezza del pomeriggio avremmo dovuto avere appuntamento con altri ragazzi di un campo internazionale in un grande parco naturale, ma purtroppo per un malinteso ci siamo incontrati più tardi. Abbiamo consumato il nostro pranzo solo alle 4.30 del pomeriggio a base di minuscolo hamburger di carne con patate fritte, una pastry con carne e cipolla ed una apple-pie. Infine siamo andati a giocare a baseball o qualcosa del genere in un giardino sulle rive di un fiume.

Chris il Vichingo ha nuovamente tentato di sedurmi col suo bel fascino nordico ma, capita l'antifona, mi ha mostrato un cartello stradale che rappresentava un divieto d'accesso (NO ENTRY), chiedendomi se lo conoscevo. Vicino a lui c'era anche Chrissino che sembrava vedere tutto pur facendo finta di nulla ed io ho risposto che conoscevo benissimo il segnale stradale...Poi, ancora una volta, vedendo una foto con un gruppo di persone che stavano facendo il bagno nudi, mi ha chiesto se avessi mai voluto fare il bagno nuda con lui....Cominciava a infastidirmi più che stuzzicarmi....

La sera abbiamo deciso che il turno in cucina sarebbe stato il mio, di Laura e di Chrissino, che ha dovuto però assentarsi un poco per un problema improvviso capitato alle toilette. Bob, infatti, anziché entrare dalla porta di ingresso è entrato dalla finestra dei bagni e, poggiando i piedi su uno dei lavabi lo ha scaraventato a terra, staccandolo dalla parete. Ora stavano cercando di porre rimedio ed aggiustare il tutto. Chrissino è venuto da me ed ha scambiato qualche parola dicendo di tornare presto. Come è carino ed amorevole! Mi ci sto affezionando. E provo una certa attrazione! Peccato che sia così giovane! Due anni meno di me. Non avrei mai creduto di provare un sentimento per un ragazzo più giovane di me. Mi è venuto da sorridere pensando a quando, pochi giorni prima della partenza per il Galles, ad una domanda fattami da un'amica, avevo risposto che non mi sarei mai fidanzata con un ragazzo capellone e più giovane di me! Ecco qua! La vita e il destino mi avevano giocato un brutto tiro!!! Iil giorno precedente avevo sentito che l'Inglesino mi mancava...e ora??? Tra una settimana sarei dovuta ripartire...

In cucina io e Laura abbiamo preparato uno strano puré di patate ed una sorta di minestrone vegetale con pezzi di verdure tagliate grossolanamente (rimestando nel pentolone ho trovato un cavolfiore intero che ho poi sminuzzato). Abbiamo riso a crepapelle attirando l'attenzione di Chrissino, che si è unito a noi scambiando battute divertenti e curioso di quello che stavamo preparando. Anche in tavola il minestrone ha suscitato commenti e le risa dei commensali. Per il dopo cena Laura e Chrissino si sono messi a preparare dell'Irish Coffee per tutti che è stato servito a lume di candela...mmmhhh...qui si stava per delineare un quadro particolarmente romantico... E verso mezzanotte, sdraiata sul mio sacco a pelo mi emozionavo a sentirlo suonare la chitarra di là, nell'altra stanza. Laura mi esortava a raggiungerlo, ma la mia timidezza tentata...ma l'ho lasciato solo..e mi sono messa a dormire.

## *10 luglio -Nono giorno*

Il risveglio mattutino stava diventando sempre più piacevole. La canzone degli U2 doveva essermi entrata nella pelle e non mi infastidiva più sentirla ad alto volume per darci la sveglia.  Non lo sapevo ancora, ma da lì a poco sarebbe nata la mia passione per la band rock irlandese. Oggi l'amico dei due Chris, Paul, sarebbe tornato a Londra e sono andata a salutarlo. Fa l'insegnante di educazione fisica per bambini, è introverso, infatti parla poco, ma quando lo fa ha un grande senso dell'humor ed è simpatico; ha un bel corpo, ma un viso marcato da segni dell'acne. Così nel salutarlo mi sono trovata anche a dovere spingere la Mirafiori con i due Chris per farlo partire.

La mattina io e Laura ci siamo recate in prossimità del pub dove abbiamo scrostato e ripulito un "kissing gate" per poi dipingerlo nel pomeriggio. La pioggia ci ha costretto ad interrompere quello che stavamo appena iniziando e ci siamo rifugiate nel pub a bere una tazza di thé con il latte. Alle 17 eravamo già di ritorno al campo e poco dopo ho accompagnato Chrissino a comprare dell'acqua ragia per pulire i pennelli. Doppi sensi su doppi sensi ci siamo fatti quattro risate. Una volta tornata al campo ho fatto una doccia e lavato i capelli. Laura era andata con June a vedere le "pietre dei druidi" (stones of the druids) lasciandomi riposare in stanza perché mi sentivo stanca. Perlopiù avevo beccato un bel mal di gola...Cominciava a farsi strada sempre più il desiderio di avere Chris, il mio Chris, al mio fianco, di stare con lui il più possibile perché tra pochi giorni non lo avrei più rivisto. Tra l'altro mi aveva detto che dopo questo campo lui sarebbe partito per il Lake District (che io avrei tanto voluto visitare!) per fare un corso..

Questa mattina io e Laura ci siamo preparate a dovere per recarci a Bangor, dove avremmo preso informazioni per il rientro a casa io, e per andare a Manchester lei, dove l'attendeva il suo fidanzato in arrivo da Milano. Abbiamo preparato due cartelli per fare l'autostop: uno con la scritta BANGOR per l'andata e l'altro con la scritta LLWGYI per il ritorno. I conducenti dei mezzi che ci hanno portato a destinazione e nuovamente al campo sono stati molto carini con noi (un camionista, due anziani e un signore distinto) e Laura ha scambiato qualche parola con loro. Non era la prima volta che facevo l'autostop. Certamente in Italia non mi sarei mai sognata di fare una cosa del genere, ma in Germania – come nel nord d'Europa – era una cosa fattibile e frequente e così, assieme agli amici del campo, ero tornata alla fattoria di Wilbeck dalla discoteca facendo l'autostop con Djelloul e Djamal, i due ragazzi algerini che erano parte del gruppo internazionale.

Durante il tragitto mi frullavano nella mente i momenti vissuti la sera precedente dopo la visita al pub con i due Chris e Kerstin. Alla fine, nonostante la stanchezza ero andata. Chris il Vichingo/Joe Tempest aveva continuato con le sue insinuazioni ed io ero oramai più che scocciata. Durante la passeggiata del rientro, ho avuto un presagio, una sensazione forte. E poco dopo nella quasi totale oscurità, Chrissino si è fermato qualche istante su una panchina per parlare con me. Poi ci siamo guardati negli occhi e...ho sentito il dardo di Eros piantarsi nel mio petto e poco dopo ci siamo baciati. E' stato molto romantico e il resto della passeggiata lo abbiamo fatto mano nella mano. E ora cosa sarebbe successo?

Nel pomeriggio "il mio Chris" - e d'ora in poi eviterò di chiamarlo con il diminutivo che gli avevo dato in un primo momento, mi ha chiesto di andare con Claire a finire di dipingere il cancello e poi di tornare direttamente al campo dove ci stavano aspettando Chris il Vichingo e Kerstin che la sera prima avevano anche loro iniziato la loro storiella (che farabutto quel Chris-Joe Tempest, ci aveva provato con me parecchie volte e poi quando ha visto che io non me lo filavo di pezza, essendo infatuata del suo amico, si è gettato a pesce sulla tedesca!!! Che finezza!!!!). Lì abbiamo incontrato due ragazzi olandesi che dovevano recarsi in una località di Anglesey ma che si erano persi. Abbiamo offerto loro una tazza di thé con latte e dopo essersi riposati un poco, sono ripartiti. Poi siamo andati in una spiaggia bellissima, la più bella finora vista, pulita, senza alghe e di sabbia fine. Non ne ricordo il nome purtroppo.

La sera era stato deciso di fare un party nostrano dopo avere passeggiato fino ad una località chiamata Parys Mountain. Io e Laura siamo rimaste alla base, perché faceva per noi troppo freddo ed io avevo con me un abbigliamento decisamente troppo estivo. Il gruppo è però tornato quasi subito per iniziare il party a base di bevande alcoliche. Il divertimento, per molti, consisteva semplicemente nel bere, come ai giorni nostri fanno i ragazzi adolescenti o poco più alla ricerca dello sballo e poi si schiantano con le auto contro gli alberi che fiancheggiano le strade o sui muri delle case. Perlomeno al nord non si guidava in stato di ebbrezza.

Alla fine il party casalingo è stato veramente patetico perché tutti alla fine si sono ubriacati, mentre io e Chrissino avevamo ben altro da fare...Oramai era chiaro a tutti che noi stavamo avendo una storiella, perché ci trovavano ad ogni angolo a sbaciucchiarci ed abbracciarci. La notte, finita la festicciola e mentre tornavo dal bagno, mi sono sentita afferrare e trasportare nel suo letto. Tra un bacio e l'altro Chris mi diceva che sabato sarebbe dovuto partire per il Lake District e se n'è uscito chiedendomi "Vuoi venire con me?". La mente ha cominciato a chiedersi se volessi veramente restare e andare con lui. Poi pian pianino scorrevano le "impossibilità": i pochi soldi che mi restavano, l'abbigliamento non adatto, il mal di gola e la tosse che peggioravano, e poi...il timore di attaccarmi a lui e il rientrare a casa e fare rientrare tutto nella normalità, gli studi, la convivenza con i genitori, un fratello e una nonna, gli amici... Quella notte l'avrei trascorsa piuttosto agitata..

## 12 luglio - Undicesimo giorno

Questa è stata la giornata del dubbio, delle angosce, del "cosa fare", del dovere prendere una decisione. Sono stata a pensare alla proposta di Chris, dell'andare con lui o meno al Lake District. Da una parte ne sarei stata contenta, e anche se a me non era rimasto granché dei soldi destinati al viaggio, Chris era disposto a prestarmi del denaro. Laura – una volta venuta a conoscenza del progetto – mi aveva detto di potermi prestare anche lei del denaro. Veramente molto carini. Dall'altra parte la mia salute stava peggiorando. Il mal di gola si stava facendo sempre più serio ed ora anche lo stomaco e gli intestini si stavano ribellando, dandomi il tormento con i loro spasmi muscolari e la loro facile irritabilità. Il secondo cervello, dicono. Pensavo inoltre, che il tipo di lavoro che avrei dovuto svolgere al Lake District non sarebbe stato leggero. Chris mi aveva detto che avrebbero costruito "footpaths" sentieri percorribili a piedi e che ci sarebbe stato da lavorare seriamente. Ero quasi convinta ad accettare, che quando l'ho visto parlarmi del lavoro ho deciso di lasciare perdere e la sera gli ho detto che non sarei andata. A malincuore.

E poi c'era il viaggio di ritorno da dovere affrontare da sola. Nel pomeriggio Laura sarebbe dovuta partire per Manchester e raggiungere il suo fidanzato per poi trascorrere qualche altro giorno nel Regno Unito. Ero piuttosto triste per la fine di questa piacevole e divertente compagnia ed ero ansiosa di dovere tornare a casa in treno da sola, con l'ulteriore sofferenza nel cuore di lasciare un ragazzo a cui mi ero teneramente affezionata e di non potere condividere con alcuno questa amarezza durante il tragitto. In mattinata mi ero aggiunta agli altri per recarmi a Bangor a prendere informazioni sul viaggio di ritorno. Mi sembrava di non potere prendere il treno in partenza da Calais e che avrei dovuto percorrere un'altra tratta verso Parigi. Oggi, nell'era di internet e delle informazioni facili, tutto questo sembra assurdo. Con l'occasione avevo dato un'occhiata alla cattedrale locale, che a quel tempo mi aveva scioccato parecchio. Non ero infatti abituata a vedere all'interno di una chiesa un vero e proprio mercatino con tanto di vendita di quadretti, ricami fatti a mano, cartoline etc. Per me era puro sacrilegio, da cattolica com'ero. Ma la verità è che la cattedrale anglicana non è solo luogo di culto, ma anche luogo di partecipazione sociale e civile e questo mercatino era stato organizzato per raccogliere  fondi destinati a riparare il tetto della stessa cattedrale. A quel tempo non mi era ancora chiara la differenza tra il passivismo e la rassegnazione cattolici e l'operosità  e il dinamismo protestante. Molti anni più tardi, dopo vari viaggi nei paesi nordici, in particolare Paesi Bassi e ancora Regno Unito, avrei completamente compreso la sostanziale differenza culturale basata su fatti storici, che hanno certamente stimolato la crescita e lo sviluppo economico di questi Paesi. La grande svolta l'Inghilterra l'ha avuta principalmente con lo scisma dalla Chiesa Cattolica con Enrico VIII e poi con il consolidamento del regno di Elisabetta I. Quando in Italia si parla di mafia e di stato mafioso e dei problemi legati in particolar modo alla Sicilia, spesso me ne esco dicendo che la vera rivoluzione per i siciliani sarebbe quella di abbandonare la religione cattolica e farsi protestanti.

Il lavoro pomeridiano del campo aveva previsto per me e Laura un pò di "chopping", di tagliare cioé le piante che infestavano i sentieri che portavano sulla spiaggia in parte sabbiosa e in parte rocciosa, con grandi cesoie. Ci eravamo poi rilassati sulla sabbia con Chris al mio fianco e Laura che ci rompeva le scatole tirandoci scherzosamente la sabbia. La sera, dopo cena abbiamo fatto un'escursione a HOLYHEAD, la vicina isola collegata da un ponte stradale. E' bellissima da un punto di vista naturalistico e non dimenticherò mai il tramonto del sole visto dal faro dell'isola. Per arrivarci non è stato molto facile. Dopo il percorso fatto in pullmino, occorreva salire a piedi sulla sommità della collina e poi scendere per una ripida scalinata fino al punto in cui un ponte stretto portava al faro. Da qui la vista era spettacolare: la costa alta e rocciosa, l'orizzonte di un mare ora piuttosto calmo, ma che nel periodo invernale doveva essere terribile e spaventoso, il turbinio di gabbiani stridenti, la grossa palla di fuoco che stava per tuffarsi in acqua, mentre noi tutti eravamo immobili, incollati e seduti su una roccia a goderci lo spettacolo, con il vento fresco che ci soffiava, violento, in viso. Una forte sensazione di timore riverente nei confronti della natura mi invadeva, un sentirsi piccoli e umili di fronte a questo mare immenso, a queste forti e aspre rocce, a questo immenso e piacevole silenzio. Erano le 23.30, 11.30 pm come si trascrive in inglese, ed il cielo era ancora chiaro...

## 13 luglio - Dodicesimo giorno

Oggi è stata una bellissima giornata di sole, intristita dal fatto che la mia amica e compagna di campo Laura dovrà partire nel pomeriggio. La mattina abbiamo lavorato fissando pali su una spiaggia per non permettere al terreno di cedere e anch'io ho lavorato sodo, sbalordendo tutti quanti. Il sentirmi in forma, la vista di questa meravigliosa spiaggia sabbiosa e rocciosa al tempo stesso, i verdi prati con i sentieri che conducono alla spiaggia e forse il mio umore romantico, mi hanno dato una carica pazzesca. Il tempo ci ha permesso questa volta di apparecchiarci un bel pic-nic all'aria aperta ed di goderci il panorama. Poi nel pomeriggio abbiamo raccolto sassi sulla spiaggia per riempire i buchi vuoti lasciati a causa della rimozione della palizzata.

Come in un romantico film o in una serie fiction nordica, mi sono accorta che, laddove avevo scritto il mio nome sul bagnasciuga, alcuni ragazzi del campo avevano scritto sopra il nome di Chris e poi ci avevano disegnato un cuore trafitto da una freccia che includeva entrambe i nomi. Questa cosa mi ha emozionato ed ha invece imbarazzato Chris, quando tutti sono saliti sulla collina per vedere il risultato dell'operazione. Più tardi, quando la marea cancellava a mano a mano il tutto, mi sono pentita di non avere scattato una fotografia. Ci avevo lì per lì pensato, ma non avevo voglia di farmi vedere dagli altri che ci tenevo particolarmente.

Una volta accompagnata Laura alla stazione io e Chris siamo rimasti soli ed è stato nuovamente bellissimo. Sentivo di essere come tornata adolescente e di essermi innamorata. Avevo qualcuno da amare e che mi contraccambiava! Wow! La sera abbiamo organizzato un party con tanto di giochi divertenti e ci siamo fatti un sacco di risate. E poi abbiamo mangiato finalmente dei veri sandwiches con hamburgers di carne e salsiccie! Sono andata a dormire alle 2 dopo avere parlato a lungo con i due Chris, Daniel e Burt. Nel mio sacco a pelo però ho provato una profonda tristezza..Chris era nei miei pensieri. Mi sarebbe mancato, una volta tornata a Roma?

Eccoci al termine...ultimo giorno del campo, ultime ore. Strano a dirsi ma non vedevo l'ora di partire, di allontanarmi, di andarmene, di stare lontana dagli occhi di Chris. Non stavo bene, ero a disagio, mi sentivo intimorita e impaurita. Paura di cosa non sapevo bene, se di stargli vicina o lontana. Però nella mattinata gli ero stata a fianco e pur di trascorrere del tempo con lui ero andata a lavorare sulla spiaggia, a raccogliere altre pietre per teminare il lavoro fatto nei giorni precedenti. Ci sono stati momenti teneri anche allora, quando ci allontanavamo dal gruppo per starcene un pò da soli. Come di consueto succede nei romanzi di appendice, abbiamo vissuto una di quelle scene, di quei momenti romantici che io non vedevo l'ora di vivere. Eravamo sugli scogli durante la bassa marea e ci siamo baciati, accarezzati, abbracciati e sembrava non volessimo venircene via. Poco prima ero rimasta imbarazzata a vederlo piangere e chiedermi scusa (ma per cosa poi?). E così aveva fatto commuovere anche me. E mi sono lasciata andare al pianto tra le sue braccia.

Ancora sotto l'effetto di quei momenti a pranzo non ero riuscita a mettere quasi nulla nello stomaco e nel pomeriggio mi ero distratta pulendo con gli altri la cucina e la sala da pranzo. La sera invece, dopo il rito degli scambi di indirizzi con il gruppo, io e

Chris abbiamo preparato la cena divertendoci parecchio anche perché non sapevamo quello che stavamo cucinando. Chris mi aveva chiesto di accompagnarlo dopo cena a casa sua per prendersi gli abiti puliti, per la sua partenza per l'altro campo di lavoro, al Lake District, l'indomani. Se ne andava lui e me ne andavo io. In due direzioni opposte. Mi aveva anche detto se volessi rimanere a casa sua e trascorrere la notte insieme a lui. In quel momento mi sentivo combattuta. Anzi, in un primo momento ho avuto quasi un rifiuto. Volevo trascorrere il tempo anche con gli altri in un pub. L'idea di rimanere soli per abbandonarci a qualche cosa di più che semplici abbracci e baci non mi prendeva molto. Non so perché. Forse quella paura di cui parlavo prima.

## *15 Luglio - Il giorno della partenza*

Alle 11.10 ero già in viaggio in treno per Londra-Euston con Bob, Daniel e Burt. Ho viaggiato all'inizio in piedi, essendo il treno pieno zeppo, fino a quando una ragazza si è spostata accanto alla sua amica cedendomi il suo posto e da lì in poi ho proseguito il viaggio seduta fino a Londra. Mi sono sentita fortunata nell'essere partita con alcuni ragazzi del campo, perché farlo da sola sarebbe stato insopportabile per quel primo tragitto di viaggio. Sarei stata contenta di avere Laura con me per tutto il resto del percorso di ritorno, ma purtroppo era rimasta in Gran Bretagna con il suo fidanzato.

La sera precedente poi, dopo avere preparato lo zaino, ho deciso di seguire Chris a casa sua e di rimanere a dormire con lui. I ragazzi del campo si sono permessi di fare qualche illazione e vedevo Chris contento, probabilmente perché avrebbe potuto dedicarmi il resto della serata... Una volta a casa si è prima preparato lo zaino con nuovi indumenti da portare con sé al nuovo campo di lavoro e poi ci siamo lasciati andare agli amoreggiamenti fino ad un'ora tarda e quindi abbiamo trascorso insieme il resto della notte, nello stesso letto che avevo condiviso con Laura qualche giorno prima e il suo orsacchiotto. La mattina alle sette ci siamo svegliati e siamo tornati a Lligwy per prendere la mia roba e raggiungere gli altri. Ho trascorso una tenera e dolce notte, perché sentivo veramente di desiderarlo. Non abbiamo dormito molto – ovviamente – e la mattina ero intontita più che mai ed ho sentito nel bagno Andy che vomitava...

Una volta al campo abbiamo fatto colazione e poi ho salutato Kerstin e l'altro Chris e con June, Bob, Daniel, Guenan, Burt e Chris siamo andati alla stazione. Anche nel momento del saluto sono stata fortunata. E' durato poco e senza spargimenti di lacrime, perché in quel momento è sopraggiunta una sua amica che lo ha trattenuto per salutarlo e scambiare due parole con lui. Ho avuto solo il tempo di baciarlo e dirgli di venirmi a trovare a Roma. Ma non ero molto convinta perché a quel tempo vivevo con i miei genitori, mio fratello e mia nonna. In quei frammenti si è parlato di rivedersi, di incontrarsi. Chris mi ha chiesto se potessi eventualmente ospitarlo da qualche parte. Io non ci stavo più con la testa, ero ansiosa per il lungo viaggio da intraprendere, per la stanchezza fisica e il poco sonno. Durante il viaggio ho riaperto il block notes dove lui mi aveva inserito, il giorno prima, una sua bellissima foto, quella che avrei voluto chiedergli e poi come "souvenir" una carta telefonica ed una conchiglia raccolta da lui stesso quella mattina.

Alle 14.15 ero arrivata alla stazione Victoria di Londra dove ho salutato Burt e Daniel che andavano alla Coach Station per incontrarsi con George. Bob aveva preso un'altra linea di metro e abbiamo dovuto salutarlo prima. Era una delle mie prime esperienze con la metro londinese e non mi ci sono raccapezzata più di tanto. Qui ho cominciato a sentire caldo con la felpa indosso: eravamo più a sud e la giornata era soleggiata. Alle 16 ero ferma alla stazione di Faversham, costretta assieme agli altri passeggeri a scendere per prendere un altro treno diretto a Dover. Ho approfittato dell'attesa per acquistarmi una pastie alla carne-verdure e cipolla, un mars e una lattina di Coca Cola. Avrei voluto chiamare casa ma non avevo più sterline a sufficienza. Era oramai chiaro che non avrei preso in tempo la coincidenza da Calais per Roma. A quel tempo non avevo avuto modo di vedere bene le informazioni per il treno in partenza da Londra che portava a Roma, passando per Calais ed ho fatto – come poi racconterò – un grande errore. Sarebbero iniziati da qui una serie di imprevisti e l'inizio del mio incubo del viaggio di ritorno una volta approdata in Francia. Inoltre cominciavo a sentire la mancanza di Chris e degli altri....

Alle 17.50 ero finalmente arrivata a Dover per imbarcarmi alle 18.30 con la Sealink ferries e giungere a Calais con il traghetto e nell'attesa sono riuscita finalmente a mettermi in contatto con i miei genitori a Roma per rassicurarli, dicendo loro che la prossima telefonata l'avrei fatta dall'Italia, molto probabilmente dalla stessa Roma. La stanchezza era enorme, non vedevo l'ora di tornare a casa, ma il viaggio sarebbe stato ancora lungo! Ero convinta di dovere passare per Parigi per prendere poi il treno per Roma ma mi sbagliavo...

Sul tragitto via mare ricordo di avere guardato le cartoline che avevo preso per gli amici e che avevo gli occhi che mi si chiudevano dalla stanchezza, ma non potevo dormire, una sensazione terribile! Lo sballottolio della nave conciliava anche il sonno...poi ho pensato a Laura, a cosa stesse facendo in quel momento e se avesse avuto ancora "mal di testa"....

La nave era migliore di quella del viaggio di andata, sembrava più pulita sebbene avesse la moquette in terra e non c'erano quegli odori sgradevoli della nave da Calais a Dover. Anche il market per gli acquisti appariva più piacevole, nonostante le lunghe e ordinatissime code dei passeggeri. E anche le sale d'aspetto delle Eastern Docks erano più gradevoli. Per farci imbarcare ci avevano portato con gli autobus. Per ammazzare il tempo mi sono messa a leggere il giornale che la compagnia di navigazione ci aveva messo a disposizione.

L'errore fatto nel non avere preso sufficienti informazioni prima della partenza, si è fatto sentire in serata. Infatti all'1.15 del 16 luglio mi trovavo a sorseggiare un'aranciata, dopo una prima ordinazione di un caffé di un'ora prima, con un ragazzo tedesco allampanato dal nome di Jürgen, in un bar di Calais, nei pressi della stazione ferroviaria. Il mio salvatore. Ecco com'è andata.

Una volta sbarcata a Calais mi sono resa conto che la stazione ferroviaria centrale si trovava da tutt'altra parte e ci sono arrivata grazie al passaggio cortese del padre di una ragazza francese a cui avevo chiesto informazioni. Una volta arrivata lì in stazione però mi sono trovata l'ufficio informazioni chiuso e la tabella dei treni in partenza completamente azzerata. Niente più treni da nessuna parte!! Il primo treno sarebbe partito l'indomani alle 6.10 per Parigi Nord. E ora? Cosa potevo fare senza neanche un franco in tasca? "Resterò qui all'interno della stazione e attenderò domani mattina" mi sono detta. E nel pensare a questo ho notato un ragazzo alto, magro, con i capelli un tantino lunghi e lisci che stava osservando anche lui la tabella delle partenze, probabilmente sconcertato quanto me. Chissà quale era la sua destinazione. Mi sono avvicinata ed ho cominciato a parlare con lui. Ho appreso che doveva recarsi in Scozia e che anche lui avrebbe dovuto attendere il mattino successivo. La stanchezza ad un certo punto si è assommata all'ansia generata dall'imprevisto ed ho cominciato ad avere una crisi di pianto. Lui, evidentemente preoccupato e intenerito dalla mia reazione, mi ha proposto di trascorrrere la notte assieme all'interno della stazione e di aspettare il mattino fino alla partenza dei nostri treni. Inoltre, sapendo che non avevo neanche un franco in tasca, si è offerto di dividere il suo cibo con me: pane, salsiccia (da buon tedesco) ed alcuni dolci. Ma non avevamo tenuto conto che anche di lì a poco ci avrebbero fatti sloggiare, perché la stazione veniva chiusa. Continuavo poi, a tossire sempre di più.

A quel punto Jürgen, questo era il nome del ragazzo tedesco che veniva da Mannheim, si è offerto di pagarmi una bevanda calda da qualche parte, anche per darci la possibilità di utilizzare le toilettes. Così ho trascorso parte della notte al caldo, in un locale di Calais, bevendo caffé e aranciata e dialogando con questo ragazzone dall'aria timida e sincera che mi ascoltava rapito. Poi ad un certo punto, dopo le 2.00 anche il locale ha chiuso e Jürgen mi ha proposto di mettere su la sua tenda canadese e di trascorrere il resto delle ore che ci separavano dalle partenze dei nostri rispettivi treni da qualche parte. Ebbene mi sono fidata. Mi sono fidata ed ho fatto bene. Perché Jürgen, da perfetto gentiluomo, ha tirato su la tenda al centro di una rotonda spartitraffico nei pressi della stazione – ahimé non c'erano altri spiazzi per poterlo fare e meno male che non c'erano autorità che ce lo avrebbero impedito – e mi ha fatta dormire per qualche ora all'interno della sua tenda con lui al mio fianco! Cose che al giorno di oggi non so quante ragazze sarebbero disposte a fare con il timore di dovere dare qualcosa in cambio. Tutto sommato quel sonno di poche ore è andato bene, essendo stati infastiditi solo dal tiro di non so cosa, un oggetto non identificato, che qualcuno ha tirato sulla nostra tenda da un motorino o ciclomotore lanciando un urlo. Si, ci era andata davvero alla grande.

La mattina successiva Jürgen mi ha svegliata per tempo per smontare la tenda ed accompagnarmi alla stazione. Lì ci siamo resi conto che io avrei fatto decisamente meglio a prendere il treno diretto per Roma da Calais alle 14.37, anziché prendere quello per Parigi. Così, sebbene il suo treno per Londra e la Scozia partisse prima del mio, si è gentilmente offerto di aspettare con me la partenza del mio treno con l'espresso desiderio di vedermi serena e imbarcata sul convoglio. Caro Jürgen! Abbiamo così trascorso il resto della mattinata passeggiando per i giardini della cittadina, cercando dell'acqua potabile dove attingere per preparare del thé con il suo fornelletto a gas e chiacchierare. Jürgen ogni tanto scattava delle foto – alcune delle quali mi avrebbe poi inviato a Roma. Al momento della partenza mi ha accompagnata al treno, dopo avermi dato dei biscotti per il viaggio, un pacchetto di fazzoletti e una singolare tazzina da caffé. Ci eravamo scambiati gli indirizzi per scriverci. E nel momento in cui il convoglio si è staccato mi ha sventolato il suo fazzoletto tirandomi bacini affettuosi... Dolce Jürgen. Non mi sarei mai aspettata, una volta tornata a Roma di ricevere, ogni giorno, una cartolina dei posti da lui visitati in Scozia con le sue bellissime parole e la promessa di venire presto a Roma.....direttamente dalla Scozia!!! E così ha fatto! Me lo sono ritrovato a casa dei miei dopo appena una ventina di giorni. Si era innamorato, povero Jürgen, e non sapeva che nel frattempo anche Chris aveva deciso di venirmi a trovare e che stavo preparando la notizia ai miei...Ma questa è un'altra storia.

## Gennaio – luglio 1991 – Il Progetto Erasmus all'Università di Kingston-upon-HULL

### La borsa di studio di 6 mesi

Nel settembre del 1990 mi trovavo a trascorrere un periodo da sola nella casa dei miei, in attesa di ricominciare il periodo di studi all'università, quando un giorno squillò il telefono e la professoressa di Storia Americana, con cui avevo superato il primo esame con un 110 e lode, mi propose di accettare una borsa di studio di sei mesi, per partecipare al Programma Erasmus presso una qualche università europea, perché una studentessa si era ritirata. Ricordo che la prima cosa che le dissi fu che se fosse stata un'università inglese avrei sicuramente accettato. La cosa, mi disse era fattibile e quindi decidemmo di vederci nei giorni successivi nel suo ufficio, per svolgere le pratiche necessarie al fine di ottenere la borsa di studio. Ho trascorso il resto di quel giorno con un'emozione fortissima, perchè sentivo che mi era stata data la possibilità di fare una nuova esperienza fuori casa, in un periodo in cui avevo assolutamente bisogno di allontanarmi, per una serie di motivi. Poi c'era anche l'opportunità di raccogliere del materiale in preparazione della stesura della tesi. Partendo dalla tesina stilata l'inverno precedente, avrei voluto infatti approfondire l'attività diplomatica di George Bancroft anche a Londra, dal 1846 al 1849, nel periodo cioè precedente a quello berlinese che avevo già trattato nella relazione. Un'ottima occasione quindi ai fini di effettuare ricerche per la dissertazione finale.

Dovere comunicare ai miei famigliari la notizia è stata la seconda preoccupazione. Io, in realtà avevo già deciso e nulla, sapevo avrebbe potuto fermarmi. Nei mesi successivi, per potere accantonare denaro a sufficienza, avevo infatti seguito come insegnante di supporto un ragazzo con problemi d'apprendimento in una scuola privata. Con i soldi della borsa di studio che mi sarebbero stati elargiti, pensavo di potercela fare.

## La partenza, la casa in Victoria Avenue e i compagni di casa

Venerdì 18 gennaio 1991, alle ore 12,40, sono partita con un volo della British Airways alla volta di Londra Heathrow, vestita di cappotto, cappello, sciarpa, guanti pesanti e con due valigie grandi e morbide del vecchio tipo, quindi senza rotelle, per un totale di 23k di bagaglio, sulle spalle uno zaino stracolmo di libri, nastrocassette e altro e la mia capiente borsetta a tracolla. Ho salutato la mia famiglia che, al momento del saluto, mi ha immortalato nell'ingresso di casa con alcune foto (mio padre), mi ha salutata in lacrime (mia madre) e mi ha guardato con emozione (mia nonna).

La sera prima avevo invitato a cena per un saluto alcune mie amiche carissime, alcune delle quali sono rimaste tali anche al mio ritorno a Roma, altre sono "evaporate" nell'aria del rientro di luglio. Ed eccomi ora lì dentro l'aereo, con le cuffiette attaccate alle orecchie a sentire le canzoni dei Pooh, che la mia amica Catia mi aveva registrato per farmi portare un poco di italianità all'estero. Aveva promesso di raggiungermi non appena fosse stato possibile, desiderosa anche lei di estraniamento totale da casa. Con tutti quei saluti lacrimosi e pieni di emozione, le valigie ed il resto, mi sembravo un emigrante italiano in cerca di fortuna all'estero. Ricordo che, quando il velivolo si è staccato dal "finger" ho anch'io versato qualche lacrimuccia per una situazione di cuore non proprio sistemata a dovere e da cui speravo di separarmi per sempre, avendo compreso che solo la lontananza ed un cambiamento avrebbero apportato beneficio alla mia situazione sentimentale. Le canzoni dei Pooh, poi, non facevano che rendere l'atmosfera più malinconica.

In aeroporto poco prima avevo toccato con mano la forte tensione causata dallo scoppio, il giorno precedente, della guerra contro l'Iraq da parte degli Usa e della coalizione alleata. C'erano controlli dappertutto e occorreva non fare mosse false, perché si era sotto il tiro dei poliziotti cecchini sparsi in tutto l'aeroporto. Ricordo che, durante l'attesa e prima di entrare nei varchi di controllo, mentre stavo rovistando, seduta, l'interno del mio zaino alla ricerca di nuove batterie per il mio walk-man, mio padre mi disse di muovermi molto lentamente, perché aveva notato che ero sotto il tiro di un cecchino.

Durante il volo ho pensato di avercela fatta, anche se negli ultimi giorni era stato difficile ottenere la conferma scritta dell'elargizione della borsa di studio. In effetti, quando mi ero recata al Provveditorato per sapere se tutto fosse stato a posto ed ottenere la documentazione da portare all'università inglese, mi era stato detto che non avevano alcun documento da darmi. A quel punto, avendo già acquistato alcuni giorni prima il biglietto aereo di sola andata e determinata più che mai, mi sono installata sul divano del Provveditorato dicendo che non me ne sarei andata via, finché non avessi avuto tra le mani il fax di conferma della borsa di studio. Ho atteso parecchio su quel divano, ma alla fine l'ho spuntata! Era nel mio diritto. A me, le cose anche positive, non sono mai andate tutte lisce lisce. Qualsiasi cosa è stata sempre ottenuta a fatica e dopo vari sforzi e caparbia volontà. Conosco a malapena i colpi di fortuna. Nonostante sia tempestata dal numero 13. Ho infatti vissuto per quasi ben venti anni in due appartamenti della stessa via allo stesso numero 13, sebbene in scale diverse; poi mi sono trasferita da mia madre che abitava ad un numero 13; i miei nonni e genitori hanno abitato a loro volta in appartamenti con il numero 13 e anche la casa paterna in Friuli ha il numero civico 13. Ma la fortuna non è stata mai di casa. Mio padre sì, è stato più volte fortunato, anche nella sua distrazione, mentre io, che sono sempre stata molto più "concentrata", non mi sono mai ritenuta tale.

Una volta atterrata a Heathrow mi sono resa conto di quanto enorme fosse l'aeroporto e i ricordi dell'estate del 1983 troppo lontani. Mi sono infine diretta al capolinea degli autobus per recarmi alla stazione degli autobus di Victoria, dove avrei preso il pullman diretto a Hull, che mi avrebbe fatto spendere sicuramente meno che viaggiare sui più veloci, ma decisamente costosi, treni inglesi. Ed ecco la prima gaffe. Mentre mi dirigevo velocemente verso il pullman con tutti i bagagli, con una certa fretta per evitare di bagnarmi sotto la tipica pioggia londinese, una delle due valigie si è lacerata, facendo uscire una delle due giganti e calde pantofole di tigre che gli amorevoli zii mi avevano acquistato, a fronte del freddo glaciale del Nord Europa. Le persone attorno a me cercavano di aiutarmi e mi hanno riconsegnato in mano la gigantesca pantofola colorata che nel frattempo si era sporcata di fango. Salendo sull'autobus, mentre impacciata pagavo il bigliettaio, avevo timore di essermi persa qualcos'altro. In quel momento ho pensato di essere la figlia dell' inspector Clouseau in territorio nemico.


Il resto del viaggio è trascorso tranquillamente e, dopo cinque ore di pullman sono arrivata alla stazione di

Kingston-upon-Hull in un buio fitto di sera. Ricordo che pochi minuti prima avevo attraversato quel lungo ponte illuminato che è un vero gioiello architettonico, per essere a quel tempo e forse ancora oggi, una delle poche testimonianze di ponti ad unica lunga gittata su un fiume, in questo caso l'Humber. Scesa dal pullman, ho cercato alla stazione un taxi come mi era stato detto, per dirigermi al Red Cottage, l' Administrative Office Building dell'università, presso il Report Center, dove mi stavano aspettando per darmi i recapiti dell'alloggio provvisorio. Durante tutto il tragitto in pullman, non osavo pensare ad altro ed ero preoccupata. Mi avevano tranquillizzato sul fatto che l'ufficio era aperto 24 ore su 24, ma io, nell'era dei no cellulari, no iphone, no internet, avevo paura di rimanere senza un tetto sulle spalle. Nelle mani avevo solo qualche indicazione scritta di mio pugno e dettatami al telefono qualche giorno prima.


Una volta nell'ufficio dell'università, dove mi stavano evidentemente aspettando, mi è stato comunicato l'indirizzo, 32 Victoria Avenue e credo di essere stata accompagnata in auto, nella mia nuova residenza inglese. La casa che avrei occupato era, diversamente dalle altre, distante dall'università e dalla maggior parte delle case abitate dagli studenti lungo Cranbrook Avenue. Ma in questo avrei poi scoperto che ero stata fortunata: perché la casa era in mezzo ad altre abitazioni "detached" - cioé separate dalle altre case, a differenza delle "semi-detached" che hanno un muro in comune con le altre case - abitate da famiglie inglesi, e che Victoria Avenue era un lungo viale alberato fiancheggiato da piccoli giardini frontali privati e ben tenuti. Inoltre era poco trafficato. Avrei amato alla follia Victoria Avenue per il resto del mio soggiorno a Hull.

La prima immagine registrata dalla mia mente, quando sono sono entrata nella casa con il mio nutrito bagaglio, è stata quella di vedere un nugolo di persone abbarbicate sulla sommità della scala che portava dall'ingresso al piano di sopra ed in particolare una, che sarebbe diventata amica per la vita, Lavanya, chiedermi: "Sei spagnola, vero?". Al che ho pensato che forse rispondendo che ero italiana avrei forse deluso qualche aspettativa. Cosa che invece non è avvenuta. Sono stata accolta con un grande calore e ricordo uno dei ragazzi, Lee, che si è subito prestato a portarmi i bagagli in stanza. Mi era stata assegnata, per il momento, una piccola stanza singola al piano terra, in attesa di una sistemazione definitiva. Poi, dopo le presentazioni, mi hanno chiesto se volessi mangiare e bere qualcosa, ma oltre a qualche biscotto e forse un pezzo di pane e formaggio non sono riuscita a deglutire nulla ed ho chiesto poco dopo di andare a coricarmi per la stanchezza. Avevo nel frattempo scambiato qualche parola e conosciuto tutti i miei compagni di casa: al piano terra c'erano Margareth e Colin, fidanzati, poi Leslie, la studentessa senior responsabile della casa e Lee, un gentile studente che poi avrei scoperto essere dislessico e che in un primo momento pensavo di non riuscire a comprendere perché non abituata all'ascolto frequente della lingua inglese. Era comunque difficile capirlo per la stretta pronuncia di queste parti. Al piano di sopra – dove poi avrei abitato condividendo da lì a qualche giorno la bella e ampia camera con una studentessa americana della Carolina del Nord, Nicole – c'erano per l'appunto Nicole, io, Lavanya, studentessa in Geografia che occupava una stanzetta singola a fianco della mia e di Nicole (agli studenti dell'ultimo anno erano concesse piccole stanze singole e talvolta anche un piccolo studio, perché la camera dove dormivano era veramente piccola, per potere essere meglio concentrati per gli esami finali), Nick e Natan, studenti rispettivamente di Geografia e Scienze Infermieristiche ed infine la riservata Karen, che occupava, come Lavanya, due piccole stanze singole. La casa era ampia e spaziosa, per un totale di quattro camere da letto al piano sottostante, una toilette, un bagno con vasca ed una cucina e al piano di sopra cinque camere da letto, una toilette, un bagno con vasca ed una cucina. Moquette dappertutto, eccetto che nelle cucine e nei bagni/toilettes dove c'era il linoleum, un piccolo ballatoio che separava le tre camere da letto - tra cui quella occupata da me - dal resto del piano superiore tramite alcuni scalini che portavano al lungo corridoio, che di lì a qualche mese sarebbe stato invaso da ospiti dei nostri parties e che un giorno sarebbero arrivati ad ascoltare anche una band inglese installata sul ballatoio, in occasione della seconda festa per il mio 25° compleanno e quello di Leslie! Prima di coricarmi quest'ultima mi aveva detto che l'indomani, essendo sabato, avremmo fatto una passeggiata al centro e avremmo poi cenato fuori, mentre domenica mi avrebbero mostrato il percorso da fare a piedi per giungere all'Università e mi avrebbero guidato tra le sue diverse strutture, di modo che il lunedì successivo potessi arrivarci tranquillamente da sola quando più mi faceva comodo.

# L'università

Il lunedì seguente mi sono recata all'Accommodation Office per farmi dapprima registrare e poi per cercare il professor Richardson, docente di Storia Economica Americana il cui corso avevo deciso di frequentare, assieme ad un corso sugli Studi Europei del professor Smith. Le lezioni di Storia Economica Americana iniziavano il 29 gennaio. Avrei frequentato la prima lezione e poi avrei parlato con il professore concordando il programma per me, studentessa Erasmus. Avremmo poi deciso che per me, avendo saltato il primo trimestre, anziché sostenere l'esame finale, sarebbe bastato stilare tre saggi su tre diversi argomenti di Storia Economica Americana, dopo avere approfondito l'argomento attraverso la lettura di una serie di libri suggeriti e tra i quali avrei potuto scegliere. Gli scritti mi sarebbero stati corretti e mi sarebbe stata data la votazione. I saggi, scritti in tre diversi periodi e nel corso dei sei mesi avrebbero avuto i seguenti titoli: 1) *Assess the significance of the civil war in American Economic History* – Determina l'importanza della guerra civile nella Storia Economica Americana. 2) *America and the International Economy* –   L'America e l'economia internazionale 3) *The New Deal and the Economic Recovery 1933-1941* – Il New Deal e la ripresa economica dal 1933 al 1941.


Nei giorni che sono seguiti ho preso confidenza con la struttura universitaria, con il percorso da fare da Victoria Avenue all'università, ho frequentato una lezione di aerobica gratuita, ho giocato a squash con Nick e Nicole e ho partecipato ad un dancing party alla Union, il cui tema era la musica degli anni Sessanta. Ed ora devo spiegare cosa è la Union.


All'interno del campus universitario la Union rappresentava – come credo lo rappresenti tuttora – il nucleo sociale dell'università. A quel tempo l'ambiente era gremito di studenti che desideravano godersi una o più pinte di birra sedendosi sui divanetti o sgabelli e fare due chiacchiere socializzando con gli altri. La mia prima esperienza con la Union è stata drammatica. Ricordo di essere entrata e di essermi addentrata verso il bancone in mezzo ad un'enorme folla strattonando la borsa-sacco di pelle alcantara di diversi colori e che ad un certo punto qualcuno mi ha sbrodolato la sua birra sul mio nuovissimo giaccone trapuntato e cucito da mia madre! Mi sono agitata enormemente ed ho esordito con qualche parolaccia e una frase del tipo "Ma cazzo non vedi che cosa hai fatto?". Ricevo le scuse del ragazzo e mi tengo la macchia e la puzza di birra nei giorni seguenti. Fortunatamente il giaccone è fatto di un tessuto fantasia che nasconde facilmente il danno, ma l'odore di birra la ricordo perfettamente!

Nei mesi successivi la Union sarebbe stata il punto di riferimento per gli incontri, per rilassarsi, per ascoltare o ballare musica.

Poi c'era la biblioteca. Un fantastico palazzo multipiano e trasparente, luminoso dove potere consultare, leggere, studiare e attingere da fonti. Qui ho preso a prestito diversi libri da leggere per preparare i saggi di economia americana. Sempre qui ho trovato materiale di ricerca da fotocopiare per la futura stesura della mia tesi su George Bancroft. E ancora qui ho preso a prestito audiocassette di musica classica (Mozart, Bach) da riprodurre ed ascoltare nel mio letto in fase di pre-addormentamento e che mi avrebbero accompagnato per tanti mesi.

E poi il teatro. Questa struttura merita un racconto a parte, che prevede un'esibizione ed uno spettacolo a livello internazionale, su cui mi dilungherò successivamente.

## Il mio primo mese e la mia nuova stanza

Le prime notti le trascorsi in una piccola stanza singola al piano inferiore. Dopo qualche giorno dal mio arrivo, la studentessa senior responsabile della casa di Victoria Avenue 32, Leslie, mi assegnò la spaziosa stanza al primo piano, quella con la grande vetrata che dava sul viale alberato di Victoria e che dovevo condividere con la compagna di stanza americana Nicole, del Sud Carolina. La stanza mi piaceva molto perché c'era abbondante spazio ed era molto luminosa. La curva vetrata ad angolo poi, era la mia passione. La camera era piuttosto spoglia, con una scrivania per ciascuna di noi, una poltrona in un angolo, due piccoli armadi e due letti singoli. Per riscaldarsi c'era un lungo termosifone che correva a fianco del letto di Nicole, che come me – se non di più – era freddolosa. Ho avuto modo di riempire la stanza, nel corso dei sei mesi di permanenza, di oggetti, foto e poster che mi hanno permesso di personalizzarla. In quella stanza avrei riso, pianto, festeggiato un compleanno con un brindisi e tanti amici attorno e fatto naturalmente la mia ginnastica due volte la settimana, saltando la corda per dieci minuti e facendo altri esercizi di tonificazione. Ricordo la battuta esilarante che mi fu fatta da qualcuno dei miei coinquilini quando scoprì che saltavo a corda: mi disse di stare attenta a non saltare troppo pesantemente perché sarei potuta cadere nella stanza di sotto! Ovvio che questa fosse solo una battuta, tuttavia mentre saltavo sentivo che la consistenza del pavimento era diversa da quella che avevo a casa a Ostia, perché i pavimenti delle tipiche case inglesi sono fatti interamente di legno. Avrei dovuto perlomeno non esagerare con l'energia dei salti. Per terra avevamo – come di consueto si ha nelle camere da letto inglesi – della moquette che sarebbe servita a tenerci più calde nei lunghi mesi invernali e ad ospitare in sacco a pelo le nostre amiche di passaggio dopo una qualche serata speciale in un pub o in discoteca. La porta aveva un meccanismo che le permetteva di chiudersi da sola senza sbattere. La mia stanza era la stanza da me preferita di tutta la casa. Ero stata veramente fortunata.

Dopo pochi giorni l'amministrazione universitaria mi informò che ad Hull era presente una comunità di studenti italiani a cui faceva riferimento un certo Michele Calandrino studente di Bologna e mi diede il numero di telefono e, credo, l'indirizzo suo di casa per contattarlo. Decisi tuttavia di non contattare alcun italiano per almeno un mesetto, così da integrarmi perfettamente con i miei coinquilini britannici ed ambientarmi. Ed è stato un bene. Perché in questo modo ho potuto dedicarmi alle uscite con i miei nuovi amici che non si risparmiavano per farmi vedere locali, sale da thé, pubs in cui trascorrere soprattutto i fine settimana. Così sono stata a Beverley nel famoso locale illuminato a gas "Neilly's", ora rinominato "White Horse" per bere una birra, al Beverley Arms Hotel a consumare il thé pomeridiano con tanto di scones, burro e marmellata, ad una escursione giornaliera a York con la mia compagna di stanza Nicole, che non ha risparmiato acquisti, nemmeno un tappeto per la sua futura casa da "nouvelle epouse" (aveva infatti ricevuto la promessa di matrimonio pochi giorni prima dal suo fidanzato, cosa che mi ha assai sorpreso, vista la "tenera" età della ragazza di soli ventuno anni!!). Nicole merita un paragrafo a sé. Ho condiviso la stanza con lei per ben quattro mesi durante i quali ci siamo parlate, un pochino frequentate al di fuori di casa, ma dai quali non è scaturita alcuna profonda amicizia. E infatti, una volta rientrate ognuna nel rispettivo paese di appartenenza ci siamo scritte a malapena una o due lettere e poi basta. Ho sì ricevuto con piacere un invito ufficiale alla celebrazione in rito ortodosso del suo matrimonio a Charlestown in South Carolina, ma non ci sono potuta andare per mancanza di soldi. Ad Hull sentivo che eravamo profondamente diverse, che pensavamo in maniera differente, che avevamo un atteggiamento nei confronti della vita differente (infatti il suo grande sogno era quello di sposarsi con il suo amato e giovane fidanzato, cosa che avrebbe fatto di lì a poco ed avrebbe quasi certamente interrotto gli studi per dedicarsi interamente alla famiglia e ai figli che sarebbero venuti – mi sembra di vedere "Mona Lisa Smile" o "Revolutionary road"). Quando Nicole parlava non riuscivo a comprendere tutto. La sua lingua americana era un inglese diverso da quel British Standard che avevo studiato. Avevo difficoltà anche con l'inglese Lee, ma nel suo caso era dislessico e questo poteva starci. Una volta Lee se ne uscì dicendo alla mia amica Catia che era venuta a trovarmi da Ostia Antica per un mesetto, "Vedrai che mi capirai anche tu, come ce l'ha fatta Paola!". Che forza quel Lee di Leeds. Credo che sia stato lui a dirmi a suo tempo che saltando avrei potuto finire sul letto di Meg e Colin al piano di sotto....e che mi aveva terrorizzato dicendo che nel sottotetto della casa c'erano sicuramente tanti pipistrelli (ne avevo una paura enorme). Nicole, dal canto suo, cercava di coinvolgermi di tanto in tanto anche con i suoi amici, ma io, sentendomi a disagio per fattori linguistici, preferivo frequentare di più i miei amici britannici. Da *perfect and sophisticated Lady* qual ero, non avrei certo imbastardito la mia perfetta pronuncia inglese con un volgare accento country!!!! Ricordo inoltre poco dopo il mio arrivo, come i genitori di Nicole avessero tanto insistito nel farla tornare negli Stati Uniti per timore che potesse succederle qualcosa come cittadina statunitense. Eravamo nel pieno della guerra contro l'Iraq scoppiata il 17 gennaio 1991 – esattamente il giorno della mia partenza per Hull – e si avevano timori di ritorsioni. Ma ricordo anche che tutti noi della casa la dissuadessimo dal tornare negli Stati Uniti per il solo fatto di essere forse più in pericolo nel prendere un volo aereo così lungo, che starsene in una città del nord Inghilterra. Ero convinta che fosse più pericolosa la minaccia terroristica dell'IRA, ancora attiva a quei tempi, e che in effetti colpì Londra poco prima di Pasqua e del mio soggiorno settimanale con le amiche, facendo strage con una bomba esplosa alla stazione ferroviaria di Victoria. Nicole, nonostante le lunghe ed insistenti telefonate genitoriali durate diversi giorni, rimase a Hull.

Il periodo tra metà gennaio e fine febbraio trascorse in fretta, tra interessi di studio e frequentazioni varie, ma ad un certo punto mi venne la curiosità di telefonare a Michele Calandrino per presentarmi e dire che c'ero anch'io.

## Michele, il gruppo di studenti italiani e l'Overseas Students Show.

Composi il numero dal telefono di casa, quello all'ingresso prima della rampa di scale che portava al piano superiore, non appena entrati in casa e che andava a monete – come in tutte le cabine pubbliche – ed attesi. Non ricordo se rispose direttamente lui o qualcun altro, ma entrare in contatto con Michele fu cosa facile. Mi spiegò che lui era di Bologna e studiava presso l'università della sua città e che ora era ad Hull con il progetto Erasmus di un anno e studiava per prepararsi agli esami di Economia. Mi disse che c'era un gruppo variegato di studenti italiani che provenivano da diverse città universitarie e principalmente da Urbino, Lecce e Pavia. Io ero ovviamente l'unica romana (e, come seppi poi in seguito, la prima studentessa Erasmus di Roma ad Hull). Michele mi disse dove abitava e mi invitò a prendere un tè da lui così ci saremmo conosciuti di persona. Dopo qualche giorno lo andai a trovare e scoprii che abitava nel popolare viale di Cranbrook, dove alloggiava la maggior parte degli studenti di Hull – io ero stata più fortunata perché la nostra casa per gli studenti era in mezzo ad altre case private e si trovava in un bel viale alberato, mentre il viale di Cranbrook era spoglio e ordinario. Michele mi preparò un tè e mi fece accomodare nella sua stanza che condivideva con un altro studente italiano, piemontese, che si chiamava Filippo. Notai che i due non si scambiavano granché parole ma non ci feci caso più di tanto. Dopo avere scambiato qualche chiacchiera, ascoltato alcuni suggerimenti su dove fare la spesa (Michele andava dal non economico Tesco, che però aveva prodotti di qualità) e una volta terminato il tè uscii e promisi di ricambiare l'invito. Nell'arco di pochi giorni decisi di invitare lui e Filippo a pranzo da me per una bella trota salmonata scongelata e arrostita al forno con patate. E in una bella giornata di fine settimana Michele e Filippo si presentarono da me per l'invito a pranzo e, credo, con la prospettiva di consumare un pasto decente cucinato da una ragazza italiana. Non sapevo che avevo commesso una *gaffe*, ma che nel commetterla avevo anche compiuto una buona azione. Quando infatti avrei di lì a poco incontrato anche gli altri ragazzi italiani, una volta saputo dell'invito a pranzo si sono congratulati con me per avere fatto incontrare e pranzare assieme due persone che, seppur conviventi nella stessa stanza, non si sopportavano. Secondo loro era stata una bella impresa. Io credo, dal canto mio, che Michele e Filippo fossero invece così affamati e desiderosi di un buon pasto caldo che non ci hanno pensato due volte a dirmi di sì!!

Incuriosita dal conoscere il resto dei ragazzi e delle ragazze italiane ad Hull, accettai l'invito di un tè pomeridiano a casa di un certo Corrado studente di Urbino in viale Cranbrook, che condivideva la casa con una studentessa di Treviso, Lorena. Mi era stato detto che il gruppo doveva prendere una decisione importante su un evento che si sarebbe tenuto di lì a poco e non sapeva che pesci prendere. Una volta lì, seguii tutti i discorsi che vennero fatti e che erano iniziati prima di me. Avevo compreso che dovevano preparare "qualcosa", ma non riuscivo a capire esattamente cosa e perché. Parlavano di canzoni italiane e di cosa proporre. Cominciai a fare domande: "Cos'è che dovete fare?", e di rimando "Dobbiamo rappresentare il nostro gruppo preparando alcune cosette gastronomiche italiane ed aggiungere qualche tipica canzone italiana. Ora per la gastronomia abbiamo deciso che si faranno bruschettine all'aglio e al pomodoro. Per le canzoni abbiamo scelto "Che sarà" dei Ricchi e Poveri, "Volare" di Modugno che è conosciutissima ed è a livello mondiale. Però dobbiamo aggiungere qualche altra cosa". Non ricordo bene come si svolse il resto della conversazione ma sono certa che non avessi capito la portata e l'obiettivo dell'evento. Oppure mi erano stati risparmiati. "Allora cosa facciamo?" ed io, memore dello spettacolino che avevamo fatto io e il mio amico napoletano Rosario al campo di Bradwell on Sea l'estate precedente e che aveva entusiasmato gli ospiti, "Perché non proporre lo sketch di Montesano e Gabriella Ferri con lo spogliarello cantato, quello della *cammasella*?". Mi hanno chiesto come poterlo fare ed io, con l'aiuto di un malcapitato del momento l'ho mostrato. Poi mi hanno chiesto di scrivere le parole e l'ho fatto, buttando giù una scaletta approssimativa ma efficace. Contenta di essere stata propositiva e di supporto me ne sono poi andata. In uno dei giorni seguenti mi sono venuti a cercare per dirmi che la proposta era stata accettata da tutti ma che avevano il problema di non sapere chi ingaggiare per la parte femminile e che quindi non poteva farlo se non io!! Per la parte maschile invece avevano pensato a Gabriele della provincia di  Modena, che aveva accettato volentieri e che rappresentava, con il suo "fisico bestiale", l'esatta rappresentazione del vitellone italiano. Una cosa mi era stata sapientemente nascosta. Di fronte a chi e a quante persone lo spettacolo si sarebbe dovuto fare. Io ero convinta che fosse uno spettacolino da doversi fare a casa di qualcuno per una festicciola privata. E quindi ho accettato. Abbiamo fatto le prove per diversi giorni con l'ausilio di due chitarristi inglesi turnando nelle varie case, fino a quando mi hanno detto che ci sarebbe stata la prova generale. E' a questo punto che ho scoperto di cosa si trattava veramente. Perché la prova generale, come lo spettacolo, si sarebbero tenuti al teatro dell'Università e lo spettacolo era niente di meno che l'"Overseas Students Show" che si teneva ogni anno nei primi giorni di marzo, di fronte ad un pubblico pagante composto da amici, famigliari degli studenti, abitanti di Hull e...al sindaco!!!. Quando l'ho saputo mi sono subito tirata indietro, vergognandomi a più non posso, ma la risposta è stata che oramai non si poteva cambiare nulla e che avremmo dovuto tirare avanti!! Che furbi sono stati tutti!!! Ed io un'allocca!! Raccogliendo tutte le energie e le velleità artistiche che in qualche modo mi portavo dentro fin da piccola, soprattutto con le imitazioni a più non posso di cantanti e insegnanti, ho deciso di portare avanti la recitazione della parte. Ma come fare a illudere tutti che io, bionda, alta, snella, potessi essere una ragazza del Sud?? Che disastro! A quel punto le ragazze si sono prodigate a trovarmi indumenti più attillati possibili, un bel top scollato che lasciava intravedere il mio poco seno ben bene strizzato, una fascia da mettere ai capelli per tirarli su e mostrare il collo, un pantalone-gonna aderente in vita con una fascia, il tutto dai toni aranciati, simbolo del caldo sole mediterraneo e di passione, perché dovevamo trasmettere la passione in questa rappresentazione finale e mostrarla ai tiepidi isolani. Un tocco di trucco, un rossetto color arancio e pronta per la recita! Il resto sarebbe venuto da sé. Ma provando e riprovando, un po' per lo stress, un po' per il freddo invernale, la voce si stava incrinando ed io avevo qualche sentore di mal di gola (l'unico malessere che ho avuto per ben tre volte ad Hull). A quel punto si sono cominciati ad agitare tutti e chi mi dava delle caramelle balsamiche e chi mi diceva di riguardarmi, "Mi raccomando". Arrivata alla data della rappresentazione mi sono trovata ad essere coccolata, vezzeggiata come una star. In camerino mi hanno aiutato a vestirmi, mi hanno truccato ed incoraggiato. Per le canzoni avevamo provato diverse volte con una sorta di coro. A me era stato detto di posizionarmi con il microfono di fianco e di supportare il gruppo. Calzavano tutti magliette o di rosso, o di bianco o di verde in onore al tricolore italiano e tenevano in mano, nascosti dietro, dei palloncini degli stessi colori che, nel momento finale, sarebbero stati lasciati andare. Dopo una partenza soft con un tris di canzoni abbreviate cantate in coro ad un certo punto io mi sarei dovuta staccare e, accompagnata da un chitarrista e dal coro di voci che facevano da background vocale con un poco credibile "Parapaponzi ponzi po, parapaponzi ponzi po" – ma che ce ne importava, non avrebbero capito, si trattava solo di trovare parole prive di significato che facessero da sottofondo corale, mi sarei ritrovata a sgambettare ed ancheggiare da brava napoletana DOC accanto al fisicissimo Gabriele, che aveva in serbo un finale a sorpresa. La presentazione del nostro gruppo la diceva già lunga. Eravamo stati presentati come il gruppo italiano che avrebbe cantato qualche canzone tradizionale e poi ci sarebbe stato un momento "hot" con una "Hot girl from Naples" che avrebbe dato il via ad uno spogliarello. Ma il pubblico non sapeva di chi fosse... Ero talmente immersa nel ruolo che con la prima strofa il mio corpo ha cominciato ad ancheggiare e gesticolare in maniera enfatica, dando il via alla rappresentazione "hot". Ero talmente emozionata che non mi sono accorta di avere sbagliato la prima strofa con la parola "cammasella", anziché "giacchettiella" come avevamo concordato. Mi sono subito ripresa ed ho pronunciato la seconda volta "giacchettiella". Meno male che il pubblico non poteva capire. Da lì in poi c'è stata una tale empatia tra me e Gabriele che stava al gioco che, più per le parole che non potevano capire, il pubblico apprezzava la mimica tra di noi che arrivava a fare capire tutto quello che ci stavamo dicendo. Io che indicavo gli indumenti mentre li cantavo, Gabriele che scuoteva la testa e si allontanava da me, facendo capire che aveva vergogna e non voleva spogliarsi, io che lo rincorrevo e gesticolavo, sbattevo i piedi a terra e cantavo con voce quasi stridula per fare capire che volevo che si spogliasse, poi il mio sventolio di mani e i gridolini esagerati quando si era tolto l'indumento, tutta questa mimica è andata avanti per qualche minuto divertendo a sorpresa il pubblico che alla fine è scoppiato in una sonora risata quando, sul finale, Gabriele rimasto a torso nudo e in mutande si è girato ed ha mostrato un cartello con su scritto "Out of order", "Non funziona". Ci siamo divertiti da morire. E nei giorni seguenti, camminando per i viali della zona universitaria, ogni tanto qualcuno mi riconosceva e mi additava come la "Hot Neapolitan girl". Credo fu un bene che i miei coinquilini non avessero visto lo spettacolo. Mi avrebbero sicuramente presa in giro nei mesi seguenti e quindi ne fui sollevata. Anche Michele da quel giorno in poi mi avrebbe visto sotto un'altra luce. Le prime volte che mi incontrava dopo lo spettacolo (al quale lui non aveva partecipato se non come spettatore) mi chiamava con un risolino beffardo "Hot girl" e anche gli occhi gli ridevano, lui sempre così serioso. Lo spettacolo fu infatti uno spartiacque per me, che da lì in poi mi avrebbe offerto diverse occasioni per fare nuove conoscenze.

## La vita universitaria scorre

I mesi che trascorrevo passavano veloci uno dietro l'altro, pieni di cose da fare e poter fare. Oltre agli studi che portavo avanti e alle lezioni che frequentavo, c'era anche il materiale per la tesi che dovevo cercare, collezionare e portare a casa. Trovai un'enorme quantità di materiale, in gran parte corrispondenza diplomatica di George Bancroft (lo storico americano del quale avrei scritto) come fonte ufficiale e la corrispondenza privata dello stesso con la moglie e gli amici, nel quale lo storico-diplomatico si lasciava andare a commenti più personali. Per estendere la ricerca anche al di fuori di Hull mi recai un giorno in un altro centro di ricerca con un pullmino messo a disposizione dell'università, tornando nel pomeriggio. Avevo concordato con la mia futura relatrice (che poi sarebbe cambiata sei mesi prima dell'esposizione della tesi di laurea) e che era al tempo stesso la professoressa che mi aveva proposto la borsa di studio Erasmus, di approfondire il periodo diplomatico di George Bancroft alla corte di Prussia che quello a Londra nella metà del XIX secolo, facendo emergere aspetti della personalità di quello che era innanzitutto considerato uno dei maggiori storici americani del suo tempo.

La mia giornata tipo si svolgeva nel seguente modo. Sveglia al mattino non troppo presto, colazione con Nescafé e biscotti, talvolta con pane tostate burro e marmellata. Vestizione e camminata fino all'Università dove, o seguivo la lezione o mi rintanavo in biblioteca per esaminare e studiare il materiale raccolto. Pausa caffè di tanto in tanto o spesso in base ai frequenti incontri che si facevano. Sosta pranzo alla Union, frequentemente a base di cornish pasty o sandwiches o quiche lorraine, scone e caffè. Chiacchierata con gli amici o, se avevo molto da fare, di nuovo isolata in biblioteca. I saggi (essays) preferivo scriverli a casa, con la comodità del frigorifero a portata di mano e del silenzio della stanza. Se Nicole mi diceva di rimanere il pomeriggio a casa facevo in modo di rimanere più a lungo all'Università. I primi tempi, a parte qualche partita a squash con Gabriele, ho seguito qualche lezione di aerobica al centro sportivo, ripiegando poi sulla ginnastica fatta a casa, con dieci minuti di salto alla corda e esercizi di tonificazione. Facevo questa attività quando Nicole andava a cena intorno alle 19.00, così avevo almeno mezz'ora di spazio tutto per me. Fatta la doccia - che io facevo la sera mentre gli altri la mattina - cenavo più tardi, quando in pratica il resto degli occupanti del piano superiore aveva terminato e stavano lavando le stoviglie. Le serate potevano finire in: tutti al piano di sotto a vedere un film in cucina, cinema al multisala appena fuori Hull (capitava di frequente), pub, party o serata in discoteca. Il martedì era la serata del "Waterfront", il mercoledì quella del "Tower". Si chiamava un taxi in quattro e si divideva la tariffa per studenti (in genere una sterlina a testa) sia per recarsi in discoteca che per il cinema o per un pub al centro. Nessuno di noi a casa aveva l'auto, e del gruppo italiano solo Michele l'aveva condotta con sé da Bologna. Si trattava di una Fiat Uno. Andare in taxi costava poco e poi assicurava ad ognuno la libertà di potere bere anche solo una pinta di birra, perché se si veniva pescati alla guida di un'auto con nello stomaco anche poco alcool si rischiavano multe salatissime e il ritiro della patente. La discoteca costava poco per gli studenti (anche qui nelle serate a loro dedicate, una sterlina) e prima dell'ingresso si veniva "tatuati" con un bel timbro sulla mano, prova di avere pagato il biglietto, nel caso si fosse dovuti uscire per una sigaretta e rientrare. A proposito di sigarette, in questo periodo ne fumai tante. Ero arrivata – nei giorni in cui c'erano i *parties* – a fumarne fino a dieci al giorno, senza però acquistare costantemente i pacchetti di sigarette. Si trovava sempre qualcuno a cui "sfilare" una sigaretta nel bel mezzo di una chiacchierata durante una festa a base di fumo, alcool e musica ad alto volume. L'occasione di un *party* poteva essere anche banale. In genere si festeggiava però il compleanno di qualcuno. E il regalo era quasi sempre una bottiglia di vino. Uno di questi *party* poteva sembrare la sceneggiatura di un film britannico con Hugh Grant. Non fui testimone oculare, perché quella sera ero rimasta a casa a terminare un saggio, ma il racconto mi fu riportato da una fonte sicurissima. Qualche volta mi è capitato di andare a teatro a vedere qualche spettacolo. Ricordo che una volta fu Michele a propormi "The Verdict", Il Verdetto" di Agatha Christie ed accettai. Non andammo soli ma con altre persone. Michele era diventato oramai una presenza fissa ed io pensai che la sua costante frequentazione non fosse una cosa casuale ma voluta e desiderata e che io potessi in qualche modo essere di suo interesse. Ma non era così. Lo avrei capito molti mesi più tardi, se non addirittura un anno dopo. Michele non avrebbe potuto innamorarsi di me. Nacque tuttavia una bellissima amicizia fatta di complicità, sorrisi e tanta ironia. Fu uno dei sorrisi che mi aiutarono a non sprofondare in un totale stato depressivo al mio ritorno dal Galles, durante la pausa per le festività pasquali. Fu un bene tornare a frequentare e vedere gli amici e non pensare costantemente a una intensa situazione emozionale che facevo fatica a lasciarmi alle spalle.

Mi devo essere addormentata….L'aereo alcune volte mi narcotizza, altre mi terrorizza quando ci sono forti turbolenze, e sicuramente è stata anche la sveglia al mattino presto. Tutta questa emozione poi nell'andare al "Cooking workshop" del Capitano Poldark ha contrastato il caffè annacquato servito a bordo ed ha avuto effetto rilassante, devo aver ripercorso in sogno le mie prime esperienze in Inghilterra…

Il Comandante ci informa che abbiamo iniziato la discesa per Tolosa dove prevediamo di atterrare tra venti minuti circa.

Ok, sono pronta ad iniziare questa emozionante avventura, me la voglio godere dall'inizio alla fine..o forse no?

Come sarà Lui?  Sono passati tanti anni, magari risultero' una fan fuori tempo, ora c'è la nuova serie  di "Poldark" con il bell' A. Turner, ma il primo Capitano Poldark ha tutt'altro fascino, o almeno lo aveva sullo schermo nel '78!

# L'ARRIVO A TOLOSA

"Are you wearing a red jacket?" "Yes, I wear it !"

E così ho incontrato la persona che mi era venuta a prendere all'aeroporto per portarmi all'Hotel "De la Terrasse" di Lautrec, come d'accordo con Merideth, la moglie del Capitano. Abbiamo viaggiato per un'oretta tra la campagna e le colline francesi della zona del Tarn, riuscendo anche a vedere all'inizio del tragitto, in lontananza, i Pirenei innevati. La camera, arredata di mobilia rossa, è carina ed ha un non so chè di romantico. Sono l'ultima ad essere arrivata, tutte le altre persone del Cooking Workshop sono in giardino a sorseggiare un the e mi stanno aspettando. Giusto il tempo di sistemarmi ed ecco il momento tanto agognato: mi indirizzo verso il giardino dove Poldark volta le spalle.

"Good afternoon to everybody!" esclamo, Lui si alza e mi abbraccia. "I'm very happy to be here!" dico, ed abbraccio anche Merideth, che mi presenta agli altri uno per uno poi mi invita a bere una tazza di thè e a prendere torta, mandorle e albicocche secche, che meraviglia !

Un bellissimo sole e poi tutti a parlare, sotto una bella pergola, al tavolino del giardino. Dopo una disquisizione su cosa abitualmente cuciniamo, il Capitano ci invita ad andare nella cucina dell'appartamento indipendente che dà sul giardino e sulla strada, e ci dà un grembiule da cucina ciascuno, appositamente preparato per il cooking workshop, ed iniziamo a cucinare con lui, con le ricette sul tavolo per preparare la cena della sera.

Abbiamo preparato delle salse allo yogurt con cumino, dell'insalata con rucola, noci, cipolla e del pollo "alla Tajine", dopo aver squartato tre polli (!!!). Taglio degli odori e tutto nella pentola, e poi via a tavola con sottofondo musicale e Merideth che mi mostrava le foto di quando Il Capitano è andato a girare il primo episodio del nuovo Poldark a Bristol. Abbiamo mangiato, bevuto e parlato in allegria fino a tardi, è stato fantastico uscire e vedere un buio quasi totale ma con una bellissima luna piena, e dover rientrare nelle nostre camere quasi a tastoni nel giardino.

Ho faticato ad addormentarmi tanta era l'emozione, diluita un pò quando mi era tornata in mente la mia prima gaffe quando, alzandomi per abbracciarlo quando ci ha salutati per la buona notte, ho sbattuto la testa contro il lampadario della sala da pranzo, facendolo ridere..

Che incredibile serata !

*Che incontro inconsueto e inusuale dopo 36 anni di attesa !*

# Gli altri (fantastici) giorni a Lautrec Marret

Dopo la colazione alle 9.30 nella bella sala da pranzo che dà sul giardino, Il Capitano e Merideth ci hanno portato a fare la spesa nel minuscolo mercato di Lautrec che dista solo un centinaio di metri dal nostro albergo. Ci sono poche bancarelle, una di pesce, una di formaggi, una di salumi e qualcuna di verdure. Abbiamo preso degli sgombri e qualche verdura e poi siamo rientrati in hotel per preparare il pranzo. Ci mettiamo il grembiule da lavoro e tra foto scattate da Merideth e le nostre, seguiamo le istruzioni del Capitano che ci dice come tagliare le cipolle e gli odori, come preparare il trito di erbe aromatiche per guarnire, col pangrattato, gli sgombri, inforniamo e attendiamo che sia pronto tra una risata e l'altra.

Tra i miei compagni di avventura ci sono Jennifer, un vero spasso, tifosissima del Chelsea, parlatrice a tutto spiano, simpaticissima e travolgente.

Poi ci sono Rod e Teri, una coppia canadese con cui dialogo spesso, carinissimi anche loro. Peccato che non riesco a capire tutto, specialmente quando parlano tutti assieme e c'è della musica in sottofondo a casa.

Mi ha fatto piacere quando Il Capitano mi dice che il nome Paola gli piace e che ha recitato con un'attrice Italiana con questo nome e che ora stà recitando Shakespeare molto bene.

Pomeriggio libero che abbiamo tutti passati in giardino a godere del caldo sole sui lettini, io fumando un paio di sigarini e conversando un pò.

Verso le 17.00 sono uscita con Jennifer per le strade del paese, arrivando poi fino alla cima della collina dove c'è un mulino a vento e da dove si puo' ammirare uno splendido panorama dei dintorni, inclusi i Pirenei.

Abbiamo incontrato Cathy e Dave che stavano rientrando in Hotel e ci siamo unite a loro, ed abbiamo iniziato a pensare a dove potesse stare la casa del Capitano e Merideth.
Poco dopo essere tornati in Hotel, ci hanno portato a cena in un agriturismo in campagna.
Io ero in macchina con Merideth, e in quel breve tragitto mi ha detto che mi sarei dovuta fare una foto sola con Il Capitano, e che ero la prima Italiana ad aver partecipato ad un suo cooking workshop.

Ho avuto modo di conversare con Lui a tavola, dove mi chiese se io fumassi. Al mio "No, I don't smoke" lui rise mi disse "Come on, I saw you were smoking!". "Yes but just vanilla small cigars!" e ridemmo della cosa.

Post cena quindi col "sigarino" e ritorno in hotel in macchina con Merideth con cui scambia alcune parole sulla mia situazione lavorativa.

L'impressione che ho avuto da subito è quella di una conferma dell'amabilità e socievolezza di queste due persone, è veramente una bella sensazione essere qui con loro...

Che bella giornata, la stanchezza si fà sentire e quindi subito a nanna, non prima di aver scritto le usuali impressioni quotidiane sul mio diario.
Nottata in cui mi sono svegliata piu' volte e poi riaddormentata. Un incubo: sognavo che dimenticavo di far firmare al Capitano il libro e il dvd ! DISASTRO !!

Dalla mia stanza e fuori la struttura si sentono i grilli durante la giornata, in pieno sole nel grande silenzio della campagna. A parte il rintocco delle campane che mi hanno fatto ricordare Cormòns e che suonano a tutte le ore e ogni mezz'ora. Si sentono inoltre gli uccelli cantare nel mezzo di questo incantevole e rassicurante paesaggio collinare, che Merideth dice assomigliare a quello toscano.

Le (poche) giornate passavano felicemente tra preparazione di svariati piatti sotto l'attenta guida del Capitano, risate, visita alle cantina colma di Bordeaux con piu' di una bevuta che rendeva ancor piu' emozionante ogni singola ora, vissuta al massimo dell'intensità.

Un giorno, dopo aver terminato di preparare il pranzo, ed aiutato ad apparecchiare in giardino, mi sono rilassata un po' sotto gli ombrelloni del giardino vicino al Capitano e Merideth, godendoci la bella vista su Lautrec.
Quest'ultima mi ha scattato una foto mentre avevo in mano (ancora) un bicchiere di vino in mano.

L'ultimo giorno di permanenza abbiamo avuto l'onore di essere ospitati a casa del Capitano e Merideth.

Una casa che emana "anima e calore" come ho detto a Merideth, che annuiva, con tanto di chiesa annessa. Mi spiegarono che fu' la casa del vicariato fino a fine '800. Fu per loro un colpo di fulmine e l'acquistarono.

Seduta su una sedia della cucina che, me ne accorsi poi, mi intrise la gonna di peli di gatto, forse un certo Bean che fù adottato da quando fù trovato nel secchio dell'immondizia, ascoltai il Capitano che ci illustrava alcune foto di famiglia.

Una di esse era la foto del loro matrimonio, dove il Capitano sottolineò, con ironia, che l'abito da sposa di Merideth sarebbe costato quanto la loro casa.

Poi arrivo' un altro momento tanto atteso.
Ha avuto modo di autografare i suoi tre libri che avevo portato ed il DVD di Poldark.

Sul libro di ricette ha scritto "Paola tout le monde", nel DVD e nel libro invece "For dear Paola with love". A quel punto ho esclamato: "Finally, after 36 years !".
"What? 36 years??" replico' il Capitano. E allora è partito il mio racconto di quando avevo 11 anni e seguivo lo sceneggiato di cui pero' non avevo visto la fine (dice che non se la ricorda pure Lui !!).

# I SALUTI - SI RIPARTE

E' il momento di salutarci.
Questi giorni, bellissimi, sono volati.
Prima di andare Merideth dice al marito che devo farmi una foto solo con lui: 4,5,6 scatti di noi due abbracciati fatti da Merideth e degli altri che dicevano "How sweet they are!"
CHE EMOZIONE !!

E poi gli abbracci finali.
Ho carezzato Merideth salutandola e dicendole "Bellissima Merideth" e ci siamo abbracciate, dicendomi che se vengono a Roma mi faranno sapere.
"I'm there" Le ho risposto.
Poi il saluto. L'ho accarezzato ed abbracciato forte, ci siamo poi risalutati e scambiati un bacio d'amicizia una seconda volta dopo che lui aveva salutato gli altri.
Poi ancora dal sedile posteriore della 500 di Rod, che innesta la retromarcia e và a finire contro il cespuglio di rosmarino degli Ellis !

Il sogno è finito, si torna in Hotel, domani sveglia alle 7.30 per ripartire...

MY DREAMS HAS COME TRUE! NOW BACK TO REALITY !

# INCONTRI NOTTURNI IN BIBLIOTECA

Sono anni che frequento la biblioteca Elsa Morante di Ostia Lido. Sono una Ostiense e mi reco spesso lì per prendere in prestito libri e films in DVD, che allietano le mie giornate e colmano spesso vuoti, altrimenti insostenibili.

Da un pò di anni però mi reco in biblioteca anche per passare un'ora e mezza ad ascoltare le lezioni di francese della simpatica insegnante Nicole – che tra l'altro mi fa ricordare tanto la zia di mia madre, la cara zia Irma che oggi non c'è più e che viveva a Parigi. Le assomiglia fisicamente e anche nei modi di fare. La zia Irma, originaria del Veneto, aveva trascorso molti anni a Parigi e quindi, forse, aveva preso alcuni modi di fare dei parigini. Oppure si trattava solo di un caso. Fatto sta che io, alle lezioni, ci andavo anche perché Nicole mi era simpatica e mi trasmetteva l'energia e l'allegria, che un tempo appartenevano alla zia Irma.

Mi sono dunque recata in biblioteca uno dei tanti giovedì pomeriggio, verso le 16, pronta per seguire la nuova lezione di conversazione in francese, che iniziava con l'immancabile canzonetta suonata dal mini stereo portatile di Nicole. Ho salutato la mia amica Maria, che incontravo tutti i giovedì al nostro immancabile appuntamento, seguito poi da qualche chiacchiera in corridoio. Quel giovedì la lezione era incentrata sul tema delle donne, in concomitanza con la prossima festa dell'otto marzo, e in quel mese la biblioteca aveva dedicato vari programmi relativi al tema, inclusa la programmazione di alcuni film incentrati sulla donna.

Terminata la lezione, Nicole ci ha proposto la proiezione di un film in francese e, sebbene non avessi programmato di rimanere, mi sono lasciata tentare e sono rimasta. Si trattava di un film che avevo già visto doppiato in italiano. Era divertente ed ero curiosa di vederlo recitare in originale. Si sono spente le luci, il proiettore è partito e via con il film per le successive due ore.

Poco prima della fine però si è presentata una bibliotecaria dicendoci che era tardi e si stava approssimando l'orario di chiusura e quindi, dolentemente, ci ha cortesemente chiesto di avviarci verso l'uscita. Avevamo avuto un piccolo problema all'inizio della proiezione e quindi questo aveva fatto slittare i tempi, ritardando la fine del film. Io, che lo avevo già visto, non sono stata affatto seccata dell'improvvisa interruzione, e così speravo anche gli altri. Dopotutto si era trattato di un plus, di un ulteriore beneficio inaspettato, oltre la lezione ordinaria.

Mi sono alzata dalla sedia e mi sono infilata il giaccone e, nel prendere la borsa, mi sono accorta di dovere recarmi alla toilette. Mi sono sempre chiesta come sia possibile, per me che non bevo granché acqua, tanto da dimenticarmi a volte di berne, di dovere utilizzare spesso il bagno, perlomeno ogni due ore. "Farò in fretta" ho pensato e mi sono diretta verso le toilettes del bagno del primo piano, quelle che sono alla fine del corridoio, oltre la sala dei computers per la navigazione in internet. Ho salutato tutti e mi sono avviata lungo il corridoio del secondo piano per poi scendere le scale, quindi ho attraversato il corridoio vuoto e quasi buio del primo piano ed infine ho raggiunto il bagno. Ho approfittato anche per rinfrescarmi, spazzolando i capelli e dando un tocco di lucidalabbra. In quei giorni il viso appariva più stanco del solito a causa delle poche ore di sonno che facevo. Ero pronta per rientrare a casa con la mia abituale e lunga passeggiata ostiense, che mi portava dal codice di avviamento postale 00121 al codice 00122, in pratica dal mare alla pineta. Ma uscendo dalle toilettes ed inoltrandomi nel corridoio mi sono accorta che le luci erano spente ed ho avuto un senso di disagio. Mi sono affrettata verso il piano inferiore, dove però il sospetto che avevo si è tramutato in puro panico. Non vedevo più nessuno ed ero certa che la biblioteca fosse stata chiusa e che non fosse rimasto nessuno ad aspettarmi. "Non può essere possibile" mi sono detta "E' capitato altre volte di essere andata alla toilette verso l'orario di chiusura, ma non sono mai rimasta chiusa dentro alla biblioteca". Ho cominciato a gridare "C'è nessuno?". Poi "C'è qualcuno?" pensando di farmi coraggio. Nessuna risposta. D'altra parte le luci erano spente, il portone chiuso a chiave ed io ero intrappolata dentro un enorme edificio dei primi del Novecento (credo), con una miriade di libri e scaffali all'interno e all'esterno una miriade di piccioni che tutt'intorno all'edificio cercavano di trovare angoli e spazi per nidificare, lasciando quà e là i loro detestabili escrementi. Il caso volle che proprio quel giorno avessi lasciato a casa il mio iphone. Non potevo quindi comunicare con il mondo esterno. "Ci dovrebbe essere un telefono da qualche parte" e mi sono diretta verso la sala del ricevimento. Ho trovato un telefono ed ho alzato la cornetta, ma non c'era alcun segnale. Che strano. Fato avverso. Chiusa nella biblioteca, sola, impossibilitata a comunicare. Ho cominciato a pensare a come avessi potuto dimenticare l'iphone a casa, a darmi della cretina, dell'imbecille, e a forza di inveire contro me stessa mi sono ritrovata alla stregua delle energie e con il desiderio di buttarmi a terra e dormire. Poi mi sono rassegnata ed ho cominciato a pensare che prima o poi se ne sarebbe accorto qualcuno e che sarebbero tornati indietro a cercarmi. Ma chi? Tutti hanno pensato, al momento del saluto, che io stessi uscendo e Maria era uscita prima ancora di me, a metà della proiezione del film, perché aveva un impegno. "Di sicuro verrà qualcuno a cercarmi" mi sono detta e a questo punto ho approfittato per fare un giro nelle sale dei cataloghi, aiutandomi con la torcetta che porto sempre con me nella borsetta, da quell'ultima volta che sono rimasta al buio dentro l'ascensore fermo – ebbene si, e con tanto di sofferenza claustrofobica!


Ho cominciato a girare di quà e di là, mentre la stanchezza mi sopraffaceva e la testa si faceva sempre più pesante. Ho cominciato a guardare i titoli dei libri che mi apparivano davanti, illuminati dalla mia esile torcetta. Avevo una strana sensazione di timore per quelle immense sale dagli alti soffitti e non mi trovavo a mio agio in così tanto volume geometrico. La sensazione di solitudine si stava facendo sempre più pressante. Avevo timore anche di fare uscire qualsiasi suono dalla bocca per paura che producesse echi...Ma cosa stavo pensando! Ero sola si, ma non dovevo temere nulla. Tra un pò qualcuno sarebbe venuto a cercarmi. Ho preso un libro dallo scaffale, un giallo di Agatha Christie e, sentendomi stanca, ho pensato che sarebbe stato meglio mettermi seduta da qualche parte, in attesa che venissero a prendermi. Mi sono diretta verso i tavoli da lettura e mi sono seduta. "Tanto vale che legga", mi sono detta ed ho puntato la torcetta a pile sulla prima pagina. In men che non si dica le pile si sono esaurite e la luce si è dapprima affievolita, per poi spegnersi del tutto. "Che disastro!" ho pensato e mi sono accasciata con la testa sul tavolo.

Ad un certo punto ho sentito dei rumori, mi sono spaventata ed ho alzato la testa. Ho deciso di alzarmi dal tavolo anche se non vedevo più molto bene. Un senso di gelo mi ha pervasa quando a pochi passi da me ho visto un ometto, basso, piuttosto tarchiato, con un cappello in testa e un...bastone da passeggio, ma si, era un bastone da passeggio! Ad un certo punto ho udito la sua voce dire: "Mademoiselle, ne vous inquiétez pas! Restez confortable sur votre chaise!" "Qui parle? Qui vous êtes Monsieur?" mi sono sentita chiedere, quasi incredula di riuscire a fare uscire del fiato dalla mia bocca. "Posso parlare anche italiano, Mademoiselle. D'altra parte mi hanno tradotto in varie lingue. Sono originariamente belga e quindi parlo francese, ma la mia autrice mi fa solitamente parlare in inglese, poiché lei è inglese". "Non può essere" mi sono detta "Ma a chi sto parlando?" eppure quell'aspetto, quel cappello, quel bastone da passeggio, quella voce e quella testa "a forma di uovo"...."Monsieur ma voi siete..." "Poirot, investigatore privato e voi lo sapete bene, Mademoiselle, perché voi mi avete letto più volte in più storie, sia in italiano che in inglese, *n'est ce pas?*". Ero incredula. "Devo stare sognando. Si, è un sogno e tra poco finirà tutto perché mi sveglierò quando qualcuno verrà a cercarmi", mi sono detta. Ma a questo punto, perché non fargli qualche domanda? Assecondiamo il momento..."Monsieur Poirot, si vi conosco bene. Ho letto parecchie storie in cui voi siete protagonista e come personaggio mi siete sempre piaciuto. Ma lo sapete invece che la vostra autrice vi odiava quando vi ha creato e che pensava di farvi fuori quasi subito? Il suo editore glielo ha proibito dopo la pubblicazione del primo romanzo e del grande successo di pubblico ottenuto..." "Ah oui, mais con Poirot si fanno sempre errori di valutazione, *n'est ce pas?* E così il personaggio creato per essere odiato dai lettori diviene il personaggio più amato. Non vedo poi come potessero odiarmi i lettori. Non ho alcun difetto particolare." A questo punto mi è venuto da sorridere. Agatha Christie aveva creato il suo ometto con la testa d'uovo, puntiglioso, permaloso, saccente e un poco presuntuoso da contrapporre alla sua amatissima Miss Marple, la vecchietta investigatrice che le ricordava la nonna e che le era infinitamente cara. Ma il pubblico aveva fin da subito apprezzato e amato Poirot con tutti i suoi difetti, proprio perché particolare e con un cuore grande. "Cosa sta leggendo, Mademoiselle? A quale mia storia si sta dedicando?" e indicava con il bastone il libro che avevo raccolto dagli scaffali e che era sul tavolo a pagine aperte. "Assassinio sull'Orient Express", ho risposto, "L'ho letto varie volte ed ho visto anche le produzioni televisive nel corso degli anni. Sono un appassionata delle sue storie, Monsieur Poirot". "Ah oui, bien sur. Questa storia è fenomenale, *n'est ce pas*? La trama è impressionante, ci sono molti personaggi ed il finale è sorprendente. A volte mi chiedo come possa avere ideato, la mia autrice, una storia spaventevole come questa..." "Spaventosa, Monsieur Poirot" "Comment? Ah, oui, non sono molto pratico a tradurre da solo le mie parole. *Eh bien*. Trovo anche bizzarro il fatto di dovere, nei romanzi originali, parlare in inglese, io che sono belga. Devo essere stato particolarmente odioso alla mia autrice..." "La cosa importante, Monsieur Poirot, è che lei invece è stato amato da tutti gli appassionati di romanzi gialli scritti dalla Christie e che la stessa autrice si è dovuta ricredere. Lei l'ha resa ricca con le vendite dei suoi romanzi. Ma mi parli dei suoi amici. Lei è veramente legato al capitano Hastings? E Ariadne Olivier? Anche lei è veramente sua amica?" "Ma certamente. L'amicizia con il capitano Hastings è innegabile e ci unisce fin dalle prime storie. Con Ariadne Olivier l'amicizia è spontanea, anche perchè credo che la mia autrice vi si sia ritratta" "E qual'è la storia che la vede protagonista che le piace di più?" "Credo, Mademoiselle, che **Delitto al Sole** sia la mia preferita, anche perché l'intelletto di Poirot sembra essere stato messo agli scacchi, ma non è così, perché a Poirot non sfugge nulla..." "Messo allo scacco, Monsieur Poirot. Si, anche a me quella storia mi è piaciuta molto. Una trama avvincente e sorprendente fino all'ultimo!" "Avrei invece preferito risolvere il caso dei **Dieci Piccoli Indiani: E non ne rimase nessuno.** Io penso che se ci fosse stato Poirot qualcuno si sarebbe salvato, *Mon Dieu!* Invece è stato un disastro, *une tragédie!*" "Si Monsieur Poirot, ma si tratta solo di storie, di racconti, per quanto drammatici e spaventosi!" "Mademoiselle, ma il romanzo è vita e la vita è romanzo. E' come per il teatro. Il teatro è vita e la vita è teatro!", "Si, talvolta la vita supera il teatro nella sua fantastica evoluzione. E' molto più surreale del teatro". "Et alors, Mademoiselle? Bisogna vivere la vita per quello che è. *Regardez mon personnage*: creato per essere detestato ed invece sono stato amato.." "Siete molto fortunato, Monsieur Poirot. E lo è stata anche la vostra autrice. Certo che era una donna piena di talento e di fantasia.." "Anche piuttosto *dangereuse* con tutto quel sapere suoi veleni.." "Ma ha messo in pratica le sue conoscenze solo nei suoi romanzi gialli, le sue storie. Non ha mai fatto male a nessuno. Era stata un'infermiera, credo, durante la prima guerra mondiale ed era a conoscenza del potere di alcune sostanze che, se prese in grande misura possono provocare la morte, anziché essere terapeutiche. Ha invece sofferto molto per il primo marito che la tradiva. E' addirittura scomparsa per alcuni giorni e nessuno sapeva dove si fosse cacciata. Lo sapeva?" "La sofferenza può portare a compiere i gesti più disparati, *n'est ce pas* Mademoiselle? Ma voi, Mademoiselle, cosa fate oltre che leggere le storie che mi riguardano, se posso permettermi?" "Io? Oh, leggo diverse cose, traduco, sto cercando a stento di portare avanti un progetto editoriale che ha a che fare con un capitano cornico del Settecento ed un attore teatrale e televisivo inglese in voga negli anni Settanta...Ma Poirot, lo sa che la BBC le ha trovato un attore che la interpreta a pennello? Ha recitato la sua parte per ben venticinque anni, dalla fine degli anni Ottanta fino al 2013 con l'ultima puntata in *Sipario*, che, come lei ben sa, la vede al termine delle sue storie..." "Ah oui! La mia autrice mi ha fatto morire, *avec dignité*, devo pur dire, per poi morire lei stessa l'anno successivo al mio finale...*La vie est vraiment un theatre*, Mademoiselle, *n'est ce pas?*" "Oui, Monsieur Poirot e occorre dunque recitarla bene...Mi scusi Monsieur ma sto cadendo dal sonno e non riesco più a seguirla..."

Mi sono svegliata dolcemente, con l'assistente bibliotecaria che mi scuoteva per il braccio chiedendomi se stessi bene e se volessi dell'acqua. Si scusava a più non posso spiegandomi che non si erano accorti che ero rimasta chiusa dentro. "Ah, sapevo che era stato un sogno!" ho esortato "Cosa? Che cosa?" ha chiesto la bibliotecaria. "Nulla. Si è trattato di un sogno. Ma che ore sono?" "Le nove di mattina. Abbiamo appena aperto. Ci è venuto incontro un signore, piccolo di statura, un pò buffo, credo fosse straniero che ci ha fatto capire che qualcuno ieri sera era rimasto chiuso dentro. Con aria interrogativa ho chiesto "Cosa vi ha detto?"  e l'assistente con un'aria smarrita, cercando di ricordare ed  imitandone la voce ha detto: "Depechez-vous!" (*Affrettatevi !*)

APPUNTAMENTO RINVIATO

Non ero a casa. Ero fuori. Non ricordo bene dove, ma deve essere stato in uno di quei Paesi europei che avevo visitato tante volte nel corso degli ultimi anni. Mentre stavo passeggiando tranquilla, ho visto, poco distante da me, un uomo che mi chiamava a sè chino per terra ed ho pensato che avesse bisogno di aiuto. Mi sono avvicinata per chiedergli se avesse bisogno di qualcosa e a quel punto mi sono accorta che era solo una scusa, che in realtà aveva in mente qualcosa di orribile e tremendo, quello di farci saltare tutti per aria. E allora mi sono voltata indietro gridando a squarciagola "E' un terrorista! Scappate via! Ci farà saltare in aria!" e mentre mi allontanavo correndo ho sentito di essere stata raggiunta da un colpo d'arma da fuoco, che mi ha costretta a fermarmi e a cadere per terra. Ed eccomi ora lì, stesa per terra, a fine corsa, con l'uomo che mi raggiunge e che mi dà il colpo di grazia. In quei momenti ho pensato che fosse finita, non avevo più forze e l'unico pensiero è stato quello di pensare a mia madre. Mi dispiaceva lasciarla così sola, con quel modo un pò strano di morire in mezzo ad una strada lontana da casa. Piano piano le forze svanivano ed io ero lì in mezzo alla strada, come se mi stessi per addormentare....

A quel punto mi sono svegliata. I ricordi erano chiari e precisi ed io avevo sognato la mia morte, in quella fine d'anno, che avevo voglia di lasciare alle spalle. Molti pensano che sognare la propria morte sia, in fondo, un atto di rinascita. Sento di essere morta e rinata varie volte. E di essere sempre la stessa. E non credo nella reincarnazione. Mi è capitato spesso di pensare alla morte in tempi recenti. L'ho vista con i miei occhi tre volte, in casa, mentre i miei cari mi stavano lasciando. E l'ho accettata. Anche quando l'ultima volta ho perso mio padre in soli tre mesi. Non si può fare altro con la morte, se non accettarla. Al giorno d'oggi ho compreso che molte persone cercano di allontanare il pensiero della morte andando dal chirurgo plastico o dall'estetista, cercando di farsi cambiare i connotati estetici e rimandare la scadenza ad altra data, per poi guardarsi allo specchio e dirsi che c'è ancora tempo. Specchiarsi è un altra cosa. E' guardare e vedere dentro di sè, quello che si è realmente.

Ho parlato della morte anche con chi, di lì a poco, avrebbe tentato il suicidio una seconda volta, questa volta riuscendoci. Non avevo ben compreso la tragicità di quella volta, quando, nell'ufficio di Roma, la mia amica mi era venuta a dire, con il risolino sulle labbra, che aveva provato a saltare giù da un ponte ma un vigile urbano l'aveva salvata. Non pensavo potesse ripetere il gesto, ma più che altro credevo – o volevo credere - che in realtà non l'avesse fatto e che il suo era un racconto per carpire la mia attenzione. Le avevo detto di non pensare più a queste cose ma che, se le girava qualche brutta idea per la testa, mi sarebbe dovuta venire a trovare ancora una volta, prendendo il treno che da Alessandria veniva giù a Termini. Ma poi, una volta tornata a casa e dopo qualche mese di silenzio, arrivò la lettera dei genitori che mi informavano dell'accaduto. Ed io ho capito subito quando ho visto che la calligrafia non era la sua. Ho strappato la busta e ho letto il contenuto della lettera con ansia, quasi a prevedere quello che mi sarebbe stato raccontato. E ho pianto tanto, tanto. E ancora a volte ne piango. Ma anche quella morte l'ho accettata, perché voluta, desiderata, sperata. Dopo varie sofferenze. La capisco. La mia amica aveva tentato per anni di cacciare quella sofferenza psicologica, quella depressione ansiosa che non ti lascia scampo e non ti fa vivere liberamente la tua vita, ma ti opprime e ti rende schiava di psicofarmaci e dottori. Un continuo andirivieni tra casa e ospedale.

Mi sono chiesta in tanti anni a quante volte sia scampata alla morte. Ci avete mai pensato? Quante volte vi siete detti: "L'ho scampata bella!". Mi lascio andare ai ricordi e la mente fluttua, vaga come un'onda e ripesca emozioni e momenti rannicchiati in qualche angolo del cervello. Ecco, ricordo...

1. La tegola che cade dal tetto della nostra casa di Cormons.

2. L'operazione d'urgenza per appendicite

3. L' incidente in auto

Quasi scampata o forse...

1. In Calabria, il colpo di sonno sulla Panda

2. La congestione a Porto Ercole – solo se avessi nuotato lontano...

Il non desiderio di immortalità – che palla! Vedersi morire gli amici e i propri cari ed essere costretti a vivere ancora...

L'immortalità degli Dei greci. E i comuni mortali.

Si dice che se si muore sulla carta è come liberarsi dal pensiero della morte. Così faccio. Per lasciare pensieri nuovi e nuova aria librarsi in me. **Per accettare di essere un comune mortale.**